LEO

POR DIANA NIXON

SOLTEIROS À VENDA
LIVRO DOIS

***

LEO

(Sinopse)

Você acredita em amor à primeira vista?

Eu também não.

Por quê? Porque eu sei quanto o amor custa. O dinheiro não pode comprá-lo, pois você paga com seu coração.

Mas você pode comprar uma lista de segredos que a ajudarão a fazer até mesmo um solteiro que jurou nunca se comprometer, se apaixonar por você.

Meu nome é Madison Hall e eu sou a agente cerimonial mais popular de Nova York.

Mas essa história não é sobre mim.

É sobre a vingança que fez Olivia Lambert vir até meu escritório.

Eu vendi a ela tudo que sabia sobre Leonel Cohen.

Eu nunca vendi os segredos de um homem por vingança.

Mas neste caso em particular, valeu a pena.

Uma história de amor que não era para ter acontecido.

Dois polos opostos que se colidirão e farão o ar entre eles queimar.

Eles não fazem ideia do quão rápido o ódio pode se tornar algo diferente...

Design de Capa por: Amina Black

DIANA NIXON

PRÓLOGO

O amor é estranho.

Ninguém sabe como ele é ou onde encontrá-lo. Algumas pessoas nunca sequer o encontram, enquanto outras passam a vida inteira lutando por ele. Mas às vezes ele o atinge quando você menos espera, com tanta força que parece errado e indesejado. E o que acontece em seguida pode ser uma surpresa para todos... até mesmo para aqueles que nunca pensaram serem capazes de senti-lo de forma tão profunda.

Não posso me chamar de especialista do amor, mas sou especialista em casamentos e em homens que não cedem sua liberdade voluntariamente. Meu nome é Madison Hall e sou a agente cerimonial mais popular de Nova York. Eu sei tudo sobre os solteiros mais desejados de Manhattan e sei como usar meu conhecimento para conseguir um convite para outro casamento do ano.

Ajudei dezenas de garotas a encontrarem o que estavam procurando — homens que as idolatrassem a cada respiração. Devo admitir que amo fazer as pessoas felizes, ainda que elas precisem pagar bem por sua felicidade.

Todas as clientes que passam pela porta do meu escritório sabem exatamente o que querem no fim... até mesmo o tamanho da cueca de seus futuros maridos.

Mas a visita de Olivia Lambert não era exatamente algo com o qual eu estava acostumada.

— Quero matá-lo e não me importa nem um pouco o quanto isso vai me custar — ela disse ao entrar em meu escritório em uma manhã de abril.

— Oh, qual é o nome da sua vítima?

Gesticulei para que a linda 'assassina' tomasse um assento. Ela não parecia uma daquelas criaturas desesperadas que geralmente vinham chorar em meu ombro por não conseguirem encontrar um marido. Pelo contrário, ela parecia ser o tipo de mulher que poderia conseguir o homem que quisesse simplesmente dizendo o nome dele em voz alta. Ela era linda e bem-vestida, e obviamente não tinha problemas para encontrar namorados. No entanto, desta vez, ela queria um encontro com o leão. E ela, neste caso em particular, era um pequeno cordeiro o enfrentando.

— Leonel Cohen — ela cuspiu o nome como se fosse veneno.

Minhas sobrancelhas se ergueram com surpresa. Fazia algum tempo que ninguém me pedia os arquivos dele. Até onde sabia, as garotas que saíram para jantar com Leonel começaram a odiá-lo antes mesmo que o jantar acabasse. Coitadinhas, elas pensaram que sabiam o que fazer para se casarem com ele. Exceto que o trabalho dele era romper casamentos, e não ajudá-los a durar mais tempo. Ele era bom demais no que fazia e nunca perdia um único caso.

Belo canalha.

— Você sabe que ele é um advogado especialista em divórcios, não sabe? — perguntei a Olivia.

Era exatamente por isso que nenhuma das garotas que tentaram a sorte com ele anteriormente foram bem-sucedidas. Aquele homem simplesmente não acreditava em casamento ou em relacionamentos duradouros. Os encontros mais longos que ele já teve começaram com ele abrindo o zíper da calça e terminaram quando ele o fechou.

Às vezes eu me perguntava se ele sabia que mulheres não tinham sido feitas apenas para o sexo, pois as únicas que ele permitia que se aproximassem dele eram aquelas com as quais ele transava ocasionalmente. Mas nunca era o suficiente para que ele permanecesse a noite toda, muito menos uma vida inteira.

A jovem Srta. Lambert disse entredentes:

— Não quero me casar com ele. Mas quero cortar suas bolas.

Ela soou determinada e autoconfiante. Eu já gostava dela, e mentalmente, lhe desejei boa sorte com Leonel. Ela não fazia ideia da causa perdida que era aquele homem, mas ainda assim, eu esperava que o ódio que ela nutria por ele fosse forte o suficiente para ensiná-lo uma lição dolorosa.

— Posso fazer uma pergunta? — comecei cautelosamente. A julgar por seus olhos semicerrados e duros, ela estava prestes a incendiar meu escritório até que ele se tornasse cinzas se não conseguisse o que tinha vindo até aqui para buscar.

— Ele machucou minha irmã — ela disse antes mesmo que eu fizesse minha pergunta. — Ele partiu o coração dela e arruinou sua vida. Agora eu quero mostrar a ele como sua vida será terrível quando o jogo virar.

Minha boca se contraiu, lutando contra um sorriso. Eu não queria que ela pensasse que eu estava rindo dela.

— Bem, isso parece justo.

Eu nunca vendia meus arquivos por vingança e, francamente, aquela era a primeira vez que alguém queria pagar pelos segredos de um solteiro sem qualquer intenção de se casar com ele. Mas desta vez, decidi fazer uma exceção. Por quê? Porque eu tinha motivos pessoais para compartilhar do ódio de Olivia pelo Sr. Cohen. Ele havia ajudado meu terceiro marido a roubar uma soma de seis dígitos da minha conta bancária durante nosso processo de divórcio, e perder dinheiro, ao contrário de homens, era algo que eu nunca perdoava com facilidade.

Além disso, eu estava um tanto cansada de limpar o pó dos arquivos de Leonel. Talvez fosse hora de jogá-los fora e desistir da ideia de ver uma aliança de casamento em seu dedo. Mas nunca se sabia o que iria acontecer no fim de um jogo, certo? Então por que não dar mais uma chance ao Sr. Cohen de provar que ele fazia o tempo que eu e Olivia estávamos gastando valer a pena? E finalmente sentir a satisfação tão esperada ao tornar a vida dele um pouco mais complicada.

Abri uma das gavetas da minha escrivaninha e peguei um documento grosso, repleto dos segredos de Leonel. Aquele homem não sabia ser outra coisa senão um babaca com um B maiúsculo. Ele partia tantos corações que eu parei de contabilizar suas vítimas de amor quando o número chegou em vinte.

— Aqui está, querida. — Entreguei os arquivos a Olivia. — Acabe com ele.

Ela abriu o primeiro documento e me olhou com evidente surpresa nos olhos.

— Eu não sabia que ele estava à venda agora.

— Você tem sorte, vai levar as informações dele por metade do preço. Com uma condição... — Hesitei por um momento.

— Que condição?

Olivia fechou o documento e o colocou em sua bolsa.

— Dê a ele o que ele merece.

Eu não era feminista e amava homens atraentes. Do contrário, nunca teria deixado cinco deles se tornarem meus maridos. Mas Leonel Cohen ousou destruir um dos meus casamentos favoritos e eu sempre quis fazê-lo pagar por isso.

Olivia riu.

— Este é o plano. — Ela pegou a carteira e retirou uma bolada de dinheiro. — Espero que eu consiga fazê-lo devolver cada centavo que eu gastei com seus segredinhos sujos. — Ela se levantou e foi até a porta.

— Olivia — a chamei.

Ela parou e se virou para me olhar.

— Sim?

— Tenha cuidado com ele. Homens como Leonel Cohen rasgam corações em pedaços como se fossem feitos de papel.

— Não se preocupe, Madison. Tenho meu próprio triturador na bolsa e sei como manter meu coração a salvo. Especialmente quando se trata de protegê-lo do Sr. Cohen.

Capítulo 1

Olivia

— Obrigada por outra noite daquelas, danadinha.

Beijei os cabelos de Bella e belisquei sua bochecha rosada.

— Não é minha culpa que eu não consegui dormir — a garotinha de três anos disse, bocejando. — Aquelas aranhas que eu vi no meu sonho antes de acordar não me deixaram. Eu tentei fugir delas, mas elas continuaram me seguindo, fazendo cócegas com aquelas pernas compridas e peludas. — Ela pressionou o urso de pelúcia amarelo com força contra o peito enquanto seus grandes olhos castanhos se enchiam de culpa. — Me desculpe, titia. Eu não queria que você ficasse acordada a noite inteira por minha causa.

Meu coração se derreteu e eu sorri gentilmente para ela.

— Está tudo bem. Eu sei que não foi sua culpa. Pesadelos acontecem. — Suspirei e coloquei um pouco de leite no copo de Bella. — Termine seu café da manhã e vá se vestir. Rose deve chegar a qualquer momento.

— Você não vai ficar comigo hoje?

Ela pegou uma colher e a mergulhou em uma tigela com cereal de chocolate.

— Não, querida.

Eu sabia que ela não ficaria feliz com a notícia. Seus ombros caíram.

— Aonde você vai?

— Eu consegui um novo emprego e não posso me atrasar no

primeiro dia.

— Um novo emprego? Onde?

— Em um escritório de advocacia.

— O que é um escritório de advocacia?

— É um lugar bem chato. Acredite, você não quer ir comigo.

Eu sabia o quanto Bella odiava ficar com sua babá. Não que Rose fosse uma babá ruim; ela era gentil e engraçada, e estava sempre pronta para atender a todos os desejos de Bella. Mas minha sobrinha não queria que eu saísse. Ponto final. Eu a mimava com minha atenção e carinho. Simplesmente não podia evitar. Eu a amava demais. Mas não tinha outra opção senão deixá-la com Rose hoje.

Após perder meu emprego há quase cinco meses e minhas economias terem chegado perto de zero rápido demais, eu realmente precisava de um novo emprego para que não nos faltasse nada.

— Se é um lugar chato, por que você vai trabalhar lá? — ela perguntou, bebendo seu leite.

Me sentei ao lado dela à mesa da cozinha e amarrei seus cabelos castanho-escuros em um rabo de cavalo.

— De que outra forma você sugere que eu encontre dinheiro para sobrevivermos?

— Uma vez, a mamãe me disse que o papai deixou dinheiro para ela para me sustentar. Você pode usar esse dinheiro.

Bella nunca tinha visto seu pai e sabia tão pouco sobre ele quanto eu. Mas ela era muito inteligente para sua pouca idade, isto era certo.

— É. — Eu forcei um sorriso. — Isso foi há muito tempo.

E já gastamos tudo que aquela desculpa patética de pai lhe deixou.

Mas eu iria consertar aquilo. O canalha pagaria por tudo que tinha feito a Bella e à minha irmã, que tinha literalmente enlouquecido por ele.

Winter sempre tinha sido tão diferente de mim. Eu sonhava em me tornar uma advogada; ela, uma cantora famosa. Ela passava dias e noites compondo letras e cantarolando as novas músicas que ela tanto gostava de escrever. Eu nunca tive a mesma paixão que ela tinha pela música, pela vida despreocupada e por vinho.

Em algum momento — no dia em que ela conheceu o futuro pai de Bella, para ser exata —, todas as suas paixões se tornaram uma obsessão. Ela ficou obcecada pelo cara que se tornou todos os seus pensamentos e desejos. Ela venderia a alma a ele se ele fosse o diabo. Bem, ele era um diabo para mim. Porque eu nunca pensei que minha irmã pudesse se perder daquela forma por um homem que ela mal conhecia.

Eu não a reconheci. Ela se comportava como uma estranha, nunca me contava nada sobre o relacionamento deles ou expressava vontade de convidá-lo para jantar, a fim de que eu finalmente o conhecesse pessoalmente. Fiquei preocupada com ela. Como fui descobrir mais tarde, havia uma razão para aquilo.

Ela parou de ir à faculdade, se mudou com o novo namorado e se esqueceu de mim e da família que tinha. Graças a todas as mentiras que eu precisei inventar, meus pais pensaram que ela estava ocupada demais estudando. Mas a verdade era muito pior do que aquilo.

Cerca de um ano depois, Winter apareceu no meu apartamento com uma mala na mão e um recém-nascido em um carrinho de bebê.

Choque não era uma palavra forte o suficiente para descrever o que eu senti naquele momento. Cada centímetro do meu corpo congelou. Meus pulmões não conseguiam inspirar o ar do qual eu tanto precisava para acompanhar os pensamentos que corriam pela minha mente.

Winter disse que o nome da menina era Bella. Seu pai havia terminado com minha irmã assim que a garotinha nasceu.

Eu me senti muito mal por Winter; quis ajudá-la o máximo que pude.

Por isso, permiti que ela morasse comigo. Levei Bella ao médico para me certificar de que ela estivesse bem e não precisasse de auxílio médico. Comprei tudo que as duas precisavam, pois Winter estava muito frágil e estressada para encontrar um emprego ou me ajudar a cuidar de sua filha. Ela adormecia e acordava com um violão nas mãos, a única lembrança do pai de Bella, o qual eu queria matar com as minhas próprias mãos. Graças a ele, minha vida havia se complicado ao máximo. Tinha acabado de conseguir meu primeiro emprego e precisava dar o meu melhor para mantê-lo e sobreviver.

Eu precisava acordar cedo e ir para a cama quando todos já estivessem dormindo, após terminar de limpar o apartamento e cozinhar. Winter e Bella se tornaram minha responsabilidade.

Certo dia, voltei para casa do trabalho e vi o corpo imóvel de minha irmã no banheiro. Nunca me esqueci da visão da água vermelha na qual ela estava prestes a se afogar. Ela tentou tirar a própria vida cortando as veias, mas eu cheguei a tempo de salvá-la.

Depois daquilo, eu a levei para a clínica de reabilitação, pois não poderia ficar com ela vinte e quatro horas por dia e alguém precisava ficar com Bella enquanto eu estivesse trabalhando. Winter já não era uma opção.

Foi assim que Bella e eu começamos uma nova vida. Uma vida onde não havia espaço para nada além do meu desejo desesperado de punir o homem que arruinou a vida de minha irmã e a deixou com um bebê recém-nascido. Eu nem mesmo sabia o nome dele, já que Winter se recusou a dizê-lo.

Então, uma vez que ela já não estava mais lá para me impedir de vasculhar seus pertences, eu fiz uma pequena busca e encontrei uma foto dela e do homem que eu já odiava com cada fibra do meu corpo antes de mesmo de conhecê-lo.

"Você é o amor da minha vida," estava escrito no verso.

Tirei uma foto de seu rosto e procurei na internet um resultado compatível, esperando ao menos descobrir seu nome. Quando o encontrei, soube exatamente o motivo de ele não querer ser um pai para Bella ou um marido para Winter.

Leonel Cohen era um advogado de divórcio famoso e um solteiro igualmente reconhecido. Vestindo um terno sob medida e o que eu supus ser seu sorriso característico, ele parecia uma versão mais madura do homem na foto que eu havia encontrado, mas ainda era a mesma pessoa. Winter disse, certa vez, que nunca contou a ele nada sobre sua família e ele não sabia que ela tinha uma irmã.

Mas ao contrário dele, eu sabia tudo que precisava saber para destruí-lo. E era isso que eu faria agora.

Olhei para a foto do meu inimigo mais uma vez, a escondi dentro da minha mesa de cabeceira e comecei a me vestir. Não tinha escolhido o escritório de advocacia de Leonel à toa. Eu queria olhá-lo nos olhos e fazê-lo pagar por tudo que ele havia feito.

Não havia um plano de vingança fixo em minha cabeça ainda. Mas havia um forte desejo de fritar as bolas do Sr. Cohen e eu não desistiria daquela ideia. Especialmente agora que eu tinha um diploma em Direito de Família e poderia fingir ser a melhor assistente do mundo.

***

— Você é Molly Adkins? — perguntei a uma mulher de cerca de quarenta anos sentada atrás da mesa da sala de espera de Leonel Cohen.

— Isso mesmo. E você deve ser Olivia Lambert.

Assenti e sorri educadamente. Eu estava nervosa e até mesmo sorrir parecia ser a coisa mais difícil de se fazer agora. Eu tinha esperado por aquele dia por tanto tempo, não podia arruinar nada. Mas minhas mãos trêmulas me diziam que eu estava prestes a perder aquele jogo antes mesmo que ele começasse. Eu esperava que a Sra. Adkins não pudesse ouvir meus dentes batendo. Seria vergonhoso demais parecer uma covarde.

— Por favor, sente-se. — Ela acenou com a cabeça para a cadeira à sua frente. — Você trouxe todos os documentos que eu pedi?

— Sim, claro.

Puxei uma pasta preta da minha bolsa e a entreguei a ela.

— O Sr. Cohen está em uma reunião agora. — Ela olhou meus documentos rapidamente. — Ele deve recebê-la em cerca de trinta minutos. Enquanto isso, vou lhe mostrar o escritório. Me siga, por favor. — Ela deixou meus documentos de lado e se levantou. — Não se preocupe, ele não é tão ruim quanto todos pensam.

Um sorriso tranquilizador seguiu suas palavras.

Aposto que ele é muito pior do que isso, pensei comigo mesma. Em vez disso, eu disse:

— Nunca trabalhei em um escritório de advocacia tão grande quando este. Acho que é por isso que mal consigo colocar meus pensamentos em palavras.

Molly riu.

— Coragem, garota. Leo gosta de garotas com inteligência. E a julgar pelas suas recomendações, você tem isso de sobra. Não o decepcione.

— Leo?

— Quis dizer Leonel. Ele raramente deixa que alguém o chame de Leo, mas eu o conheço há uma eternidade. Eu trabalhava para o pai dele, Brian. Quando ele decidiu entregar as rédeas a Leo, eu fiquei aqui e comecei a trabalhar para ele. Brian queria que eu ficasse de olho em Leo. Ele sempre foi entusiasmado demais em relação à profissão e seu pai tinha medo de que isso complicasse o trabalho de Leo como chefe da empresa. Brian sempre dizia que um advogado deveria ter a cabeça fria, mas nunca ser insensível. Às vezes, sinto que Leo ainda precisa aprender a ouvir seu coração, e não apenas os fatos.

Ouvir seu coração. Eu sorri. *Será que ele tem um?* Considerando-se a facilidade com a qual ele desistiu da própria filha, havia uma pedra em seu peito no lugar de um coração.

Fomos até o corredor e o tour começou.

— Esta é a sala de reunião. — Molly gesticulou para uma das portas à direita. — É acoplada ao escritório de Leonel. Você pode entrar por aqui ou pela porta dentro do escritório. — Nós andamos até a próxima porta. — Esta é a nossa sala de descanso. Leo nunca vem aqui, mas o restante dos funcionários vem. Nós temos uma cafeteira aqui e uma TV, mas eu não recomendaria assistir com frequência. Não que você vá ter tempo para isso, é claro. Os outros funcionários acham que as assistentes de Leo têm muito poder sobre ele, então não espere ser bem quista por eles.

— Por que pensariam isso?

— Bem, tenho certeza de que as suas tarefas serão diferentes das que as garotas anteriores exerciam.

Havia um duplo sentido em suas palavras e eu me perguntei se as assistentes anteriores de Leonel estiveram aqui para entretê-lo e não para trabalhar.

— Por que elas foram demitidas?

Elas não foram demitidas. Elas nunca trabalharam aqui, para começo de conversa. Leo as mantinha como… distrações. — As sobrancelhas franzidas de Molly me diziam que ela não aprovava aquilo. Ela se apressou para explicar-se. — O trabalho é a vida dele. Ele pode ficar aqui por dias e noites trabalhando em um novo caso. Ele raramente sai de férias ou dá um descanso a si mesmo. Não deveríamos culpá-lo por suas pequenas fraquezas.

— E com fraquezas você quer dizer mulheres — eu resumi.

— Ótimo, isso é ótimo. Agora todos vão pensar que eu estou aqui para ser seu novo brinquedo.

Engoli minha raiva, que era como uma bola de fogo crescendo em meu peito.

— Prove a eles que estão errados. Você tem tudo de que precisa para fazer isso.

Ela me ofereceu outro sorriso e continuou a andar pelo corredor comprido. A maioria das paredes eram feitas de vidro e eu podia ver tudo que estava acontecendo dentro das salas. Exceto pela sala de reunião e o escritório do Sr. Cohen. Bem, é claro, ele precisava de um lugar para '*desfrutar*' de suas fraquezas.

Meus punhos se cerraram. Quanto mais eu pensava no quanto eu odiava Leonel, menos eu podia controlar o que saía de minha boca. Eu queria gritar e contar a todos o grande canalha que ele era. Mas eu não poderia deixar minhas emoções arruinarem tudo.

— Vou tirar algumas semanas de folga — Molly disse quando retornamos à sala de espera. — Minha mãe está no hospital agora e precisa de mim mais do que Leo precisa. Além disso, ele não vai estar sozinho. Você vai ficar aqui com ele. Tenho certeza de que vocês dois farão um ótimo time.

Uma ova.

— É claro. O que eu deveria saber sobre a agenda dele e seus clientes?

— Tudo que você precisa saber vai encontrar no meu computador. Leo organiza sua agenda no próprio computador. Ele ama estar no controle de tudo. Tudo que você precisa fazer é se certificar de que ele não se atrapalhe. Então, tecnicamente, você vai estar no controle de tudo, mas deixe que ele pense o contrário. Brincar de chefão é uma de suas coisas favoritas a se fazer.

— Aposto que sim — eu disse, percebendo tarde demais que meu comentário tinha sido inapropriado.

Felizmente, Molly estava ocupada tentando encontrar uma chave reserva para a sala de espera e não ouviu o que eu tinha dito.

— Lembre-se de deixar a ele anotações sobre as coisas mais importantes que ele precisa fazer antes de outra reunião. — Ela me deu um pacote de post-its coloridos. — Use os vermelhos para algo urgente. Leo odeia não estar preparado. As visitas de seus clientes geralmente são agendadas de uma em uma hora. Certifique-se de que ele não marque dois clientes para o mesmo horário. Isso já aconteceu algumas vezes e Leo ficou irritado.

— Não foi ele quem cometeu estes erros?

— Sim, mas estou aqui para não deixar isso acontecer. E agora você também está.

— Entendi.

— Você precisa ser 'a chefe nas sombras', como Brian me chamou certa vez. Leo é inteligente, mas às vezes até mesmo ele precisa de uma segunda opinião para certas coisas e outro par de mãos para cuidar de tudo que ele faz no trabalho.

— Ok. — Respirei fundo. — Espero que ele goste de mim.

Molly sorriu.

— Tenho certeza de que vai.

Talvez eu estivesse imaginando coisas, mas não queria que

ela pensasse que eu estava interessada nele.

— Quer dizer, espero que ele goste de me ter como sua assistente.

Merda, senti minhas bochechas se tornarem vermelhas.

— Ele não terá opção senão gostar de você, Olivia. Pelas próximas semanas, ou até mesmo mais, você será a única ajuda dele.

Em seguida, a porta atrás de mim se abriu e alguém saiu.

— Preciso de café — disse uma voz masculina. — Forte, Molly. Meu cérebro precisa de mais cafeína.

Mesmo sem olhar para o dono da voz, eu sabia que ela pertencia a Leonel. Meu nervosismo se elevou. Eu estava com tanto medo de me virar e olhar para ele. E se Winter tivesse mentido para mim e ele *soubesse* que ela tinha uma irmã? Havia certa semelhança entre nós duas, mas com uma diferença de cinco anos, não era óbvia.

— Sua próxima reunião começa em vinte minutos — Molly disse ao chefe.

— Ok.

— Ah, e esta é Olivia Lambert. Ela será sua nova assistente e secretária temporária enquanto eu estiver fora.

Desejei boa sorte a mim mesma mentalmente. *Tenha coragem, Liv. Você consegue!*

Me virei e ofereci ao Sr. Cohen meu melhor sorriso.

— Prazer em conhecê-lo, senhor.

Uma de suas sobrancelhas se ergueram de maneira imperiosa. Subitamente, me senti muito pequena e estúpida em relação a ele. Seus olhos castanho-escuros deixaram meu rosto para pousarem em Molly e ele disse em uma voz fria:

— Eu não sabia que precisava de uma assistente.

Tudo nele transmitia poder, desde o modo com o qual ele agia até como ele se vestia. Não havia uma única prega em sua camisa azul clara cuidadosamente passada e seu terno cinza escuro. Eu me perguntei se ele mantinha um ferro de passar em seu escritório e uma empregada em um closet para 'poli-lo' toda vez que ele saía da sala.

Molly falou com ele de modo maternal:

— Quem mais você acha que vai fazer café para você quando eu não estiver aqui para cuidar disso?

Parecia que eles eram bons amigos, pois não havia sequer um resquício de medo em sua voz. Não havia dúvidas de que ela nunca hesitava antes de falar com ele.

O olhar dele, que era uma cópia exata do de Bella, estava sobre mim outra vez. Ele analisou minhas roupas cuidadosamente escolhidas com um olhar preciso, como se estivesse tentando decidir se eu seguia o código de vestimenta local e era bonita o suficiente para trabalhar para ele.

Ele franziu os lábios por um momento. *Que diabos isso significa?* Mas não parecia que ele iria explicar seu comportamento. Ele se virou e entrou em seu escritório sem dizer uma palavra. Senti que minha presença era indesejada e desnecessária.

Quando ele já não estava mais lá para aguçar meus nervos, suspirei aliviada. Felizmente, ele tinha saído. Me senti como um peixe em sua presença — tola e ofegante. Nunca tinha me sentido tão insegura em toda a minha vida. *Droga.*

— Não deixe que ele faça isso com você, garota.

Me virei com o som do sussurro de Molly.

— O quê?

— Se ele sentir sua fraqueza, vai comê-la viva.

Argh!

— Eu realmente parecia tão estúpida?

— Não, mas eu juro que pude sentir o quão assustada você estava em conhecê-lo. Não deixe que ele pense que você não é corajosa o suficiente para enfrentá-lo. Leo gosta de desafios. É melhor ser um desafio para ele do que desistir sem lutar.

— Vou me lembrar disso.

— Ótimo. Agora dê a ele o que ele quer: café, forte, duas colheres de açúcar.

Ela me deu uma pequena bandeja de prata com uma xícara de porcelana sobre esta. Eu a peguei com minhas mãos trêmulas e entrei no escritório de Leonel.

— Você não sabe bater? — ele grunhiu.

Seus olhos estavam grudados à tela de seu laptop, mas eu ainda sentia como se ele estivesse observando cada passo que eu dava.

Talvez fosse por isso que eu não tinha visto o chão sob meus pés.

Quando me dei por mim, um de meus saltos se engatou no tapete e eu tropecei. A bandeja voou de minhas mãos — eu não conseguiria pegá-la de modo algum — e caí no chão de madeira ao lado da cadeira de Leonel. A xícara, por sua vez, caiu em suas pernas.

Merda.

Ele pulou da cadeira e olhou para a mancha um pouco acima de seus joelhos.

Opa.

— Se você pensou que queimar minhas bolas com café quente a ajudaria a manter seu emprego, está enganada, Srta. Lambert.

Droga, estou ferrada.

— Sinto muito, Sr. Cohen. Vou limpar sua calça imediatamente.

— Com sua língua?

Pensei ter ouvido errado, pois ele não poderia ser tão rude comigo. Ou poderia?

— O que disse? — Eu finalmente ousei encontrar seu olhar furioso.

— Se queria me fazer tirar a calça, Olivia, não precisava ter derramado nada sobre ela. Embora agora eu esteja morrendo de vontade de vê-la limpando minha calça.

Um sorriso malicioso tocou seus lábios carnudos.

QUE. BABACA.

Alisei minha saia lápis preta e assumi a expressão mais calma da qual era capaz naquele momento.

— O senhor tem outra calça no escritório? Tenho certeza de que tem, já que odeia não estar preparado.

— Você tem razão. Odeio não estar preparado, assim como odeio usar calças molhadas. Mas tudo tem um lado bom, certo? E já que você está aqui para me ajudar com tudo que eu precisar, não se importaria em me ajudar a trocar de roupa, não é?

Tentei encontrar algo engraçado em suas palavras, mas não havia humor nelas.

— O senhor não está falando sério, não é? — Um riso nervoso escapou de minha garganta.

— Estou falando muito sério, Olivia. Se você quiser trabalhar para mim, precisa se lembrar de algumas regras. A primeira é que eu sou o chefe e você precisa fazer tudo que eu mandar.

— E se eu me recusar a obedecer?

Um dos cantos de seus lábios se ergueu em um sorriso autoconfiante.

— Não aceito 'não' como resposta. O que significa que desobediência não é bem-vinda aqui, assim como assistentes teimosos. Então é você quem escolhe: ser uma boa garota ou perder seu emprego.

Cerrei os dentes, tentando com todas as forças não dizer a ele tudo que eu pensava sobre ele e suas regras estúpidas. Eu realmente precisava de outra xícara de café quente agora para atingir todas as outras áreas de seu corpo que a primeira não tinha atingido.

Silenciosamente, me virei para o closet que havia notado ao entrar no escritório há alguns minutos e verifiquei seu conteúdo. Eu estava certa, no fim das contas — estava repleto de camisas, calças, jaquetas e gravatas limpas de todas as cores e tons. Peguei uma calça cinza escura e voltei para onde Leonel estava.

— Tire sua calça.

Seu olhar me dizia que ele não iria facilitar para mim.

— Não me ouviu? — ele perguntou em voz baixa. — Quero

que você faça isso para mim.

Filho da puta.

— Como quiser.

Me aproximei com o coração acelerado em meu peito. Ele estava testando meus limites, e eu apostava que ele tinha certeza de que eu me afastaria e fugiria, apavorada demais para ficar e provar a ele que eu não era a covarde que ele obviamente pensava que eu era.

Com meus olhos fixos nos dele, alcancei seu cinto e o abri. Um sorriso de canto em seu rosto me fez querer estapeá-lo, mas era muito cedo para isso.

Nossos rostos estavam quase no mesmo nível agora, graças aos meus saltos, e eu pude sentir sua respiração tocar minha bochecha.

Não me apressei para abrir o zíper de sua calça, fazendo meu melhor para não mandá-lo ao inferno. Ele acabou sendo um babaca ainda maior do que eu esperava.

Quando minhas mãos deslizaram sob sua calça e tocaram sua bunda através da cueca, seu sorriso matreiro se alargou. Puxei sua calça para baixo e deixei que ela caísse aos seus pés.

— Satisfeito? — perguntei baixinho.

Seus olhos castanho-escuros se tornaram quase pretos e escorregaram lentamente para os meus lábios.

— Nem um pouco.

Um dos cantos dos meus lábios se levantou em um sorriso cínico e eu dei um passo para trás.

— Seu próximo cliente estará aqui a qualquer segundo. O senhor não quer cumprimentá-lo assim, não é? — Apontei para sua cueca preta. — Aliás... — Pausei e deixei meu olhar se demorar em sua cueca intencionalmente. — Da próxima vez que quiser que eu tire sua calça, é melhor ter algo impressionante por trás dela.

Capítulo 2

Saí correndo do escritório de Leonel e fechei a porta atrás de mim com força.

— Babaca.

— Estou feliz que tenha gostado dele também — Molly disse. Não havia nem mesmo a sombra de um sorriso em sua face.

— Também?

— Bem, ele obviamente gostou de você. E agora posso ver que é mútuo.

— Como sabe que ele gostou de mim?

— Conheço Leonel o suficiente para saber quando ele gosta de alguém.

— Se você estiver certa, ele tem um modo muito especial de demonstrar.

Ela sorriu de leve.

— Você vai se acostumar. Francamente, ele não é tão ruim quanto quer parecer. Ele é só... um pouco solitário, eu diria.

Eu ri.

— Solitário? Certo.

— Não, estou falando sério. Não há sequer uma pessoa em sua vida em quem ele confie o suficiente para deixá-la se aproximar.

Com exceção de seus pais, é claro. Mas eles são família. E ele precisa de alguém para lhe dizer que ele é melhor do que isso. Alguém que o apoie e acredite nele.

Fiquei surpresa em ouvir as palavras de Molly. Elas iam contra tudo que eu pensava saber sobre Leonel. No entanto, eu não sabia muito sobre ele, exceto pelos poucos fatos conhecidos que o Google havia me contado naquela manhã quando fiz uma pesquisa rápida sobre ele. Eu não tive tempo para ler os documentos que havia comprado de Madison, mas iria fazer isso naquela noite quando estivesse em casa.

Você deve ter segredos, Sr. Cohen. Quanto mais eu souber sobre você, mais fácil será acabar com a sua raça.

***

Leo

— Não preciso de uma assistente, Molly. Já lhe disse várias vezes que não tenho tempo para ensiná-las o que fazer.

— Você não precisa ensinar nada a ela. Olivia é inteligente o suficiente para apender tudo por conta própria. Além disso, ela tem um diploma em direito e, ao contrário das suas assistentes anteriores, a beleza exterior não é sua única vantagem.

— Ela é irritante. Linda, sem dúvidas, mas complicada demais. Eu não tenho tempo para o gênio forte dela.

— O que significa que ela é exatamente o que você precisa.

Lancei um olhar duvidoso a Molly. Ela me conhecia tão bem que às vezes eu me perguntava se ela podia ler minha mente. Porque na maioria dos casos, ela respondia minhas perguntas antes mesmo que eu tivesse a chance de fazê-las em voz alta.

Mas hoje não.

— O que ela fez para conseguir sua aprovação? — perguntei.

— O que ela fez para não conseguir a sua? — ela retrucou.

— Derramou café na minha calça.

— Não é nada demais. Você tem calças suficientes no closet para vestir uma empresa inteira e um pouco mais.

— Ela poderia ter queimado minha pele. Felizmente, o café não estava tão quente.

Molly me entregou outro documento para assinar e sorriu.

— Vou dizer a ela para nunca mais derramar nada em você.

— Sim, por favor. E se você realmente quer que ela fique aqui enquanto estiver de folga, darei a ela um período de experiência. Um mês. Espero que você esteja de volta até lá.

— Não posso prometer nada.

Ela se virou e se dirigiu até a porta.

— Molly?

— Sim, senhor?

Revirei meus olhos.

— Você nunca me chama de senhor. Pare com isso. O que eu queria dizer era que eu realmente preciso de você aqui. E vou sentir sua falta.

Seu rosto se suavizou.

— Eu também.

De todas as mulheres que já haviam cruzado a porta do meu escritório, Molly era a única à qual eu confiava não apenas meus documentos e café, mas minha vida. Ela não era apenas minha secretária, mas uma verdadeira amiga com a qual eu sempre podia contar.

O mesmo não poderia ser dito sobre a Srta. Lambert, é claro. Eu ainda não fazia ideia do porquê eu a havia deixado ficar.

Mas, acima de tudo, eu não conseguia acreditar que Molly a havia escolhido, dentre todas as candidatas, para ser minha assistente. Ou talvez ela quisesse me punir por algo, pois trabalhar lado a lado com a *Senhorita Olivia*, parecia ser uma maldição.

Ela era linda de uma forma única. Não havia silicone em seu rosto ou em seus seios — confie em meus olhos experientes —, mas ela ainda parecia uma sobremesa doce que eu não me importaria em comer depois do almoço.

Não que eu fosse fazer isso, é claro.

Além da beleza, ela tinha um temperamento forte e inteligência, o que era uma combinação explosiva.

Pela primeira vez na vida, me perguntei se eu poderia aguentar tudo isso por um mês. As mulheres raramente me surpreendiam. Ou talvez eu escolhesse mulheres do tipo previsíveis intencionalmente. Porque, como eu disse, eu odiava o complicado.

Eu não sabia nada sobre Olivia, embora eu tivesse certeza de uma coisa — irritá-la seria um prazer, já que ela nunca me deixaria fazê-la subir pelas paredes de outra forma.

Eu sorri, me lembrando do modo com o qual ela me olhou quando tirou minha calça. Ela parecia um gatinho demasiadamente assustado, mas ao mesmo tempo, corajoso o suficiente para demonstrar sua determinação. Eu gostei.

Talvez este mês não seja tão ruim, no fim das contas.

Pressionei o botão do viva-voz no meu telefone e disse:

— Srta. Lambert, meu escritório. Agora!

Ela levou quase cinco minutos para aparecer.

— Por que a demora?

Me levantei de minha cadeira e fechei um botão do meu terno.

— Molly me pediu para imprimir alguns documentos para o senhor. Mas a impressora da sala de espera estragou e eu tive que ir até o outro andar para imprimir tudo.

Ela colocou uma pasta com os arquivos impressos sobre a minha mesa e esperou. Eu mal consegui esconder meu sorriso enquanto a observava. Ela ainda parecia nervosa, embora tentasse ao máximo disfarçar aquele fato.

— Por favor, sente-se. Eu quero que você faça algumas anotações sobre o que precisa fazer hoje.

Ela assentiu e olhou para a minha mesa.

— Posso emprestar um de seus lápis?

— É claro. Aqui vem a regra número dois. Sempre esteja preparada para fazer anotações. Haverá muitas delas, pois sempre me esqueço de alguma coisa e você precisa se lembrar por mim.

Ela se sentou em minha mesa e escreveu em seu caderno: *"Esteja pronta para tudo."* Ela sublinhou a última palavra com duas linhas grossas.

— Exatamente — eu disse, olhando para o que ela havia escrito. — Você prometeu limpar minha calça, lembra? Leve-a até a lavanderia.

Em seu caderno, ela escreveu: *"Limpar a bagunça que fiz."*

Eu sorri e permaneci atrás dela, observando cada letra que ela escrevia em sua linda caligrafia. Alguém me disse, certa vez, que pessoas com caligrafias bonitas tinham um temperamento impossível. Agora eu sabia que aquilo era verdade.

— Depois — eu disse —, preciso estar no tribunal amanhã. Diga ao meu motorista para estar aqui às onze da manhã.

Sua anotação dizia: *"Encerar o carro até às 11h00."*

Meu sorriso se alargou. Eu me inclinei, pousando uma mão sobre a mesa, ao lado do caderno dela.

— Ótima adição ao meu pedido. Você mesma vai encerá-lo?

— Se o senhor quiser — ela disse sem me olhar.

— Eu a assistiria fazer isso com prazer.

Seus lábios se moveram em um sorriso leve.

— Pelo que ouvi hoje, o senhor me assistiria com prazer fazendo muitas coisas... e nenhuma delas tem a ver com o meu trabalho.

— É porque toda vez que olho para você, posso pensar em tudo, menos em trabalho.

Me aproximei ainda mais de seu pescoço e respirei fundo.

— Hmm, eu amo o cheiro da sua... raiva.

Ela engoliu em seco, mas fingiu não ouvir meu comentário.

— Gostaria que eu escrevesse mais alguma coisa, senhor?

— Hã... sim. — Fiquei atrás dela novamente, com meus braços cruzados sobre o peito. — Meu pai estará aqui amanhã às três da tarde. Eu devo estar de volta até lá e vou definitivamente estar com fome. Peça alguma coisa para comermos.

"*Alimentar o diabo*," ela escreveu.

— Alguma preferência?

— Não, eu como tudo que estiver no meu prato. A menos que — sussurrei em seu ouvido — você queira ser meu lanche.

— Passo. Não quero envenenar o senhor no meu segundo dia de trabalho.

Eu ri.

— Eu sabia que você era feita de veneno no segundo em que a vi na sala de espera.

Quando entrei na sala e vi o vestido justo de Olivia, soube que estava em problemas. Ela estava em ótima forma, e embora o vestido fosse muito decente, ele mostrava o suficiente para me fazer querer arrancá-lo de seu corpo. E quando ela se virou, algo se moveu dentro de minha calça prestes a ficar molhada.

O rosto dela era uma ótima adição à sua forma. Grandes olhos acinzentados que brilhavam como prata eram emoldurados por longos cílios escuros. Ela possuía lábios carnudos perfeitos para serem beijados loucamente, e um tom adorável e suave de rosa em suas bochechas que denunciavam um pouco mais do que ela queria demonstrar com sua saudação corajosa. Seus cabelos louros escuros estavam presos em um rabo de cavalo alto.

Àquela altura, eu não me importaria em me intoxicar com ela. Era uma pena que ela fosse diferente das minhas assistentes anteriores. Ou talvez Molly estivesse certa, no fim das contas, e eu *precisasse* de uma boa assistente para variar.

— Eu também quero que você leia o caso que vou apresentar

na audiência amanhã — eu disse, tentando tirar meus pensamentos dela e dirigi-los ao trabalho.

— Por quê?

Foi a primeira vez que ela virou a cabeça para me olhar.

Deus, ela era linda...

Com a luz luminária sobre a mesa, seus olhos acinzentados brilhavam com uma magia que me enfeitiçou. Cílios negros e grossos enfatizavam a forma amendoada de seus olhos, adicionando um pouco de mistério à sua aparência. Eu gostei da frieza com a qual ela encontrou meu olhar. Tornou meu desejo de iniciar um incêndio dentro dela ainda mais difícil de reprimir.

— Senhor?

— Perdão, o que disse?

— Por que quer que eu leia os documentos do caso?

— Certo... hã... eu gostaria de saber o que você pensa sobre ele.

Ela parecia surpresa.

— O senhor quer ouvir minha opinião?

— Sim.

— Hmm...

— Hmm? Que diabos isso quer dizer?

— Quer dizer que estou surpresa por saber que o senhor se importa com a opinião de outra pessoa que não seja a sua própria.

Com as mãos em meus bolsos, continuei a observá-la, incerto sobre o motivo de querer, subitamente, ouvir o que ela pensava sobre o caso no qual eu vinha trabalhando por quase seis meses. Os cônjuges pareciam incapazes de concordar com qualquer coisa que não fosse o quanto odiavam um ao outro. Após quase vinte anos de casamento.

— Me diga uma coisa, Sr. Cohen. — Olivia se levantou e se aproximou de mim. — Por que não acredita no casamento?

— Quem disse que não acredito no casamento?

— Pelo que soube, o senhor desfaz casamentos tão facilmente, como se eles fossem xícaras de porcelana. O senhor sequer se importa com os sentimentos que as pessoas costumavam ter umas pelas outras quando decidiram se casar?

— O único casamento no qual acredito é o de meus pais. E quanto à sua pergunta sobre os sentimentos, tenho certeza de que se as pessoas vêm pedir minha ajuda, seus *antigos* sentimentos já não importam mais. Do contrário, elas teriam tentado salvar sua família e não morrer tentando arruiná-la em um tribunal.

— Mas o senhor conversa com elas sobre o motivo de desejarem se separar?

— Não sou um terapeuta de família. Não posso ajudá-las a consertar o que está quebrado.

— Como o senhor sabe que está quebrado se nunca pergunta por que querem o divórcio?

Eu não gostei das perguntas dela. Assim como não gostava quando as pessoas me diziam que eu estava *errado*. E embora ela não tivesse dito aquela palavra, eu sabia que era o que ela queria dizer.

— Meu trabalho é ajudá-las a conseguir o que querem. Se querem casas separadas, estou aqui para fazer isso acontecer.

Minha resposta pareceu desapontá-la. Não que eu quisesse

impressioná-la ou fazê-la acreditar que eu era o Deus do Direito da Família. Mas eu não gostava da consideração em seus olhos, bem como o julgamento que parecia gritar mais alto do que qualquer outra coisa. O que ela estava pensando? Eu queria saber desesperadamente.

Ela permaneceu em silêncio por alguns minutos.

— Entendo. — Algo mudou em sua expressão, mas eu não conseguia decifrá-la. — Há algo mais que o senhor queira que eu anote?

Ela não esperou pela minha resposta, voltando para a mesa e sentando-se.

— Sim. Quero que você se lembre de algumas coisas sobre mim. Eu odeio que minhas secretárias se atrasem para o trabalho. Quero meu café quente e doce. Odeio verde e nunca atendo ligações quando estou com meus clientes. A menos que seja urgente, é claro.

Ela assentiu e fez as anotações necessárias.

— E mais uma coisa, Olivia. Sou uma pessoa muito reservada, o que significa que perguntas pessoais estão fora dos limites.

— Limites? — Ela sorriu matreiramente. — Pensei que o senhor não tivesse nenhum.

— Você está certa. Não tenho limites quando se trata de pedir a uma mulher para me ajudar a tirar minha calça ou de levantar sua saia. Mas quando se trata da minha vida pessoal, não quero que ninguém se intrometa nela.

— Não se preocupe, Sr. Cohen. Não dou a mínima para as saias que o senhor levanta. E se quiser fazer isso aqui, posso aumentar a música na sala de espera para abafar o barulho. — Ela se colocou de pé outra vez. — Isso é tudo?

— Sim. Por enquanto.

Embora, repentinamente, à menção de barulho, eu quis ouvir os que ela fazia quando sua saia estava levantada.

— Ótimo. — Ela começou a andar em direção à porta, mas parou. — Gostaria de uma xícara de café, senhor?

Escárnio dançava em seus olhos, ainda que não houvesse um sorriso em seus lábios rosados.

— Sim, por favor. Espero que ele não acabe na minha calça novamente.

— Tentarei servi-lo da melhor forma possível.

Inteligente. E gostosa para caralho.

— Ótimo. Se eu estiver no telefone, apenas deixe a xícara na minha mesa.

Ela saiu e eu encarei a porta fechada, repetindo nossa conversa em minha mente, a qual deixou um gosto desagradável em minha boca. Se fosse comida, eu teria solucionado aquilo com uma bebida.

Mas era outra coisa... era como se em menos de dez minutos, Olivia Lambert tivesse conseguido se infiltrar sob minha pele, fundo o suficiente para descobrir tudo que eu escondia dentro de mim.

Ela viu tudo, o tocou, e pegou parte disso para si mesma, me fazendo querer construir uma cerca à minha volta para que nenhuma outra mulher pudesse ver o interior do meu mundo cautelosamente protegido.

Meu instinto de autopreservação me dizia que eu precisava ser cuidadoso com Olivia. Especialmente quando se tratava de algo que eu tinha tentado controlar minha vida inteira — meus sentimentos...

Capítulo 3

Olivia

Toda vez que o rosto da minha melhor amiga brilhava na tela do meu celular, eu sabia que aquela ligação não seria rápida. Parker O'Neal era uma daquelas mulheres que sabiam tudo sobre todo mundo, inclusive eu. O que, na maioria dos casos, ela usava contra mim com sucesso.

— Alô? — eu disse, atendendo a ligação.

— Como foi seu primeiro dia no escritório? Espero que o vestido que eu lhe ajudei a escolher tenha feito seu trabalho.

— Com certeza. Pelo menos nos primeiros cinco minutos depois de conhecer meu novo chefe. Depois eu derrubei café na calça dele acidentalmente e ele não deu a mínima se o vestido que eu estava usando no momento era bonito ou não.

— Você não fez isso. — Ela riu. — Coitadinho. Ele demitiu você?

— Não. Mas esteve bem perto de fazer isso.

— Mas você ainda tem seu emprego e eu tenho certeza de que é tudo graças ao vestido. Porque se você tivesse colocado aquele terno horrível que queria vestir originalmente, estaria procurando um novo emprego amanhã.

— Talvez você esteja certa.

Eu ainda achava que Leonel não tinha permitido que eu ficasse por ter gostado do meu vestido. As impressões do meu primeiro dia de trabalho tinham sido contraditórias. O Sr. Cohen era tão diferente do homem que minha irmã namorava. Apesar do pouco que ela havia me contado sobre ele, eu pensei que veria alguém menos... perfeito. Mas eu podia ver o motivo pelo qual ela tinha se apaixonado perdidamente por ele.

— Quantos anos ele tem? — Parker perguntou.

— Uns trinta e poucos, eu acho.

— Gostoso?

— Não tive a chance de descobrir — menti.

A foto que encontrei no closet de Winter não fazia jus ao homem que conheci. O Leonel Cohen de verdade era bem atraente. Não, esqueça isso, ele era *muito* atraente. Não, palavra errada. Super gostoso? De fazer a calcinha cair? Sim, muito melhor. Não era uma surpresa que minha irmã tivesse perdido a cabeça por ele. Ela sempre se apaixonava pelos caras errados. Porém, desta vez, o cara não era apenas errado, mas também perigoso e lindo de uma forma muito viril.

A escuridão de seus olhos e cabelos o faziam parecer um tanto severo. A confiança pairava ao seu redor, em cada gesto e palavra. Ele possuía o tipo de energia que faria qualquer pessoa parar de fazer o que quer que estivesse fazendo para olhá-lo. Esta energia irradiava de seu olhar e lhe atravessava como se ele soubesse exatamente qual porta abrir para ver seu interior.

Era um tanto desarmante, pois no meu caso, eu precisava ter controle total de meus pensamentos quando estava perto dele. Mas o simples fato de ter seus olhos sobre mim era suficiente para transformar todos os meus pensamentos em um desastre. E *aquilo* não era o que eu queria. Ao menos não com Leonel.

— Qual é o nome dele mesmo? — Parker perguntou.

— Eu não disse o nome dele.

— Então me diga agora. Eu preciso saber quais são suas chances com ele.

— O nome dele é Leonel Cohen e eu não vou usar nenhuma chance com ele. Tudo que eu quero é ter um emprego bem remunerado e, felizmente, agora tenho isso nesta empresa.

— Puta merda…

— O quê?

— Não me diga que você não percebeu que ele é uma provocação ambulante. Um passo em falso e sua calcinha vai ser rasgada antes de você ser capaz de dizer 'não' a ele.

Eu revirei meus olhos.

— Isso não significa que vou perder minha calcinha por conta dele.

— Por que não?

— Primeiro, porque não tenho tempo para isso. Segundo, porque não estou interessada.

— Conversa fiada. Quando foi a última vez que você perdeu a calcinha por causa um cara? Correto: nunca! Por quê? Porque você nunca baixa a guarda. É por isso que estou seriamente preocupada que você morra sendo virgem, minha amiga.

— Me poupe dos seus comentários engraçadinhos, Parker. Nós duas sabemos que o que você acabou de mencionar não vai acontecer. Eu tive vários encontros na minha vida.

— Seus encontros do ensino médio não contam. Eles aconteceram há uma eternidade. Além disso, tenho certeza de que eles não eram nada comparados ao que o 'Sr. Me Coma Agora' pode lhe oferecer.

A raiva ferveu dentro de mim. Eu não estava gostando do rumo que aquela conversa estava tomando. Leonel Cohen e eu na mesma cama nunca iria acontecer. Mas Parker não sabia dos motivos verdadeiros para meu desejo repentino de trabalhar para ele, e eu preferia que ela não soubesse. Era um jogo para uma só pessoa e eu não queria mais nada além de vencer.

— Tenho que ir — eu disse. — Bella precisa de mim.

Ela suspirou.

— Você pode ser tão chata, Liv! Às vezes eu não entendo como nos tornamos melhores amigas.

Eu ri.

— Dança e margaritas.

— Exatamente! Nós não fazemos essas duas coisas há muito tempo. Que tal na próxima sexta à noite?

— Vou pensar nisso.

— Ok. Ligo para você mais tarde. Se cuide!

— Você também.

Desliguei o celular e olhei para Bella, que estava ocupada desenhando, sentada no chão ao lado de sua cama. Me aproximei e olhei para o desenho.

— Quem é? — Apontei para a figura solitária em um barco.

— É meu pai.

— Por que ele está sozinho?

— Porque ele não consegue me encontrar. — Ela me olhou e disse: — Você acha que eu vou ver ele de novo?

Havia tanta esperança em seu olhar que meu coração se partiu.

— De novo? Pensei que você nunca tivesse visto seu pai.

— Não me lembro de ver ele. Mas a mamãe disse que ele ficou muito feliz em me ver no dia que eu nasci.

O quê?

— Ele a viu no dia em que você nasceu?

Bella assentiu e continuou a desenhar.

Aquela notícia era nova para mim. Uma nova onda de raiva me atingiu.

Eu não podia acreditar que Leonel tivesse terminado com Winter logo após ter conhecido sua filha recém-nascida. Até aquele momento, eu tinha certeza de que ele tinha fugido quando minha irmã contou a ele que estava grávida. Mas se ele tinha visto a filha e ido embora como se ela nunca tivesse acontecido em sua vida, ele nunca deveria ser esquecido.

Cerrei meus dentes e desviei os olhos do desenho de Bella.

— Eu fiz alguma coisa errada?

Ela sempre notava cada mudança minúscula em meu humor.

— Não. — Eu sorri. — Mas foi um dia longo e eu preciso descansar antes de voltar ao trabalho amanhã.

— Rose vai ficar comigo de novo?

— Sim. E você vai ser uma boa garota. Certo?

Ela deu de ombros.

— Parece que eu não tenho escolha.

Depois disso, eu a ajudei a limpar o quarto e guardei seus brinquedos e lápis antes de ela se dirigir até o banheiro para escovar os dentes e se preparar para dormir.

Enquanto isso, havia algo importante que eu precisava fazer antes do dia acabar.

Me certifiquei de que Bella estivesse dormindo e fui até a cozinha para preparar uma xícara de chá com limão para mim. Então, voltei para o meu quarto e mergulhei nos documentos que supostamente me ajudariam a destruir meu chefe.

A primeira coisa que li sobre ele foi sua rotina. O Sr. Cohen tinha uma queda por doces e não se importava se açúcar em excesso não fazia bem para a sua saúde. Ele acordava às seis da manhã, saía para uma corrida matinal, tomava banho e tomava uma grande xícara de café adocicado. Ele nunca tinha se atrasado para o trabalho e odiava quando algo não acontecia conforme o planejado. Até mesmo seus encontros eram agendados e ele nunca fazia nada que não estivesse marcado em sua agenda.

No entanto, sua vida sexual era ativa. Suas supostas assistentes eram cópias uma das outras, como se tivessem sido escaneadas e impressas — morenas semelhantes, altas, magras, e não muito inteligentes. Ele adorava misturar trabalho e prazer, mas isso já não era novidade para mim. Graças a Molly, eu sabia que nosso chefe tinha 'fraquezas', embora ele nunca dormisse com nenhuma de suas colegas de trabalho.

Havia um parágrafo no contrato de trabalho de todos proibindo qualquer relacionamento sexual entre funcionários. Leonel nunca contratava cônjuges, pois acreditava que a vida pessoal e profissional não poderiam coexistir em um escritório. Sua vida pessoal era algo diferente. Não tinha nada a ver com seu trabalho. Era apenas sexo e mais nada.

Além do trabalho, havia poucas coisas com as quais meu chefe se preocupava: sua família, seu pastor alemão chamado Rex e uma coleção de espadas de vidro que ele mantinha em seu escritório.

Ele nunca tinha sido casado ou estado em um relacionamento que tivesse durado mais do que alguns encontros. Ele era um grande fã da banda *Queen* e odiava música pop moderna, assim como a cor verde, comida chinesa e mel, o que era surpreendente, já que ele gostava de doces.

Quando ele tinha dezesseis anos, seu pai lhe comprou sua primeira câmera e Leonel começou a fotografar tudo que via ao seu redor. Mas, sobretudo, ele gostava de retratos e... fotos de mulheres nuas.

Me perguntei se ele já tinha fotografado Winter. O pensamento plantou um sentimento desagradável em meu peito. Mais raiva correu pelas minhas veias.

Eu respirei fundo e retornei à leitura. A última página do documento era a mais interessante; era uma série de regras que Leonel estabelecia para todas as suas companheiras...

Nunca dizer 'não' ao que ele quisesse que elas fizessem na cama.

Nunca passar a noite em seu apartamento.

Nunca perguntar sobre a família dele.

Nunca ligar para ele.

Nunca contar aos amigos sobre ele.

Nunca perguntar sobre o próximo encontro.

Em resumo, aquele homem era um desastre em todos os sentidos da palavra. Com exceção de que ele era o pai da minha sobrinha e, apesar do quanto eu quisesse que ele pagasse por deixá-la sozinha, e também a Winter, eu também queria que Bella tivesse um pai.

Suspirei. A última coisa parecia impossível. Por enquanto. Mas quem sabe, talvez um dia Bella e Winter se tornassem uma família outra vez e minha irmã encontrasse alguém melhor do que o homem que não acreditava em casamento ou não estava pronto para se tornar pai.

Fechei a pasta e a coloquei em minha mesa de cabeceira, demasiadamente exausta por ler sobre meu chefe.

Amanhã seria um novo dia, com uma nova chance de lhe mostrar como eu não me importava com as regras que pareciam seguir cada passo que ele dava. Comigo, nenhuma delas funcionaria e ele teria que se acostumar com aquilo.

***

A manhã acabou sendo o inferno na terra. Meu chefe estava de mau-humor e parecia que eu era a única pessoa responsável por aquilo. Ou talvez ele quisesse me demitir o quanto antes e tivesse pensado que gritar comigo seria a forma mais rápida de me fazer ir embora.

— Eu quero ela fora da minha casa! — Seu cliente gritou tão alto que eu pude ouvi-lo até mesmo através da porta fechada do escritório de Leonel. Me aproximei da porta e ouvi com cuidado.

— Não se preocupe, Sr. Morgan, sua esposa terá que se mudar da sua casa — Leonel disse. — Vou cuidar disso.

— Não quero que ela receba um centavo do meu dinheiro.

— Eu sei. Vou cuidar disso também.

— E quero que ela me devolva a aliança de casamento. Me custou uma fortuna.

Idiota, pensei comigo mesma.

— É claro — disse meu chefe. — Mais alguma coisa?

— Sim. Quero que ela me peça perdão.

— Por quê?

— Eu dei a ela tudo que ela queria e ela não atendeu às minhas expectativas como esposa. Quero uma indenização por danos morais.

Idiota em dobro. Ele sequer sabia o que a palavra 'moral' significava?

Leonel falou novamente:

— Verei o que posso fazer.

Inacreditável. Ele realmente tinha dito que faria a pobre esposa do cliente pagar por não ter sido tão boa quanto ele queria que ela fosse?

— Eu sabia que poderia contar com você, Sr. Cohen — o cliente disse, obviamente satisfeito.

— Sempre.

Eles conversaram um pouco mais e então o cliente foi embora, me presenteando com o que ele provavelmente pensava ser seu sorriso mais charmoso.

Idiota do caralho. Um olhar em sua direção era o suficiente para saber que ele era um monstro. Senti pena da mulher da qual ele estava prestes a se divorciar. Eu havia lido seu caso e sabia que ela nunca tinha sido rica ou famosa para conseguir enfrentá-lo. Ela estava prestes a perder aquela batalha e não havia nada que eu pudesse fazer para ajudá-la.

Mas havia algo que eu poderia fazer agora e mesmo que isso não fosse ajudar a Sra. Morgan, me faria sentir muito melhor em relação àquele dia de merda.

— Seu café, senhor — eu disse, adentrando o escritório de Leonel.

Ele digitou algo em seu laptop e o fechou.

— Obrigado. Você já disse ao meu motorista que vamos sair em meia hora?

— Sim.

Coloquei a bandeja com uma xícara sobre sua mesa e dei alguns passos para trás, sabendo que ele provavelmente iria querer jogá-la em mim. Ele pegou a xícara e bebeu um pouco de café, apenas para cuspi-lo em seguida.

— Que porra é essa?

— Qual é o problema? — Assumi a expressão mais inocente de todas.

Ele bateu a xícara contra o pires, derramando boa parte de

seu conteúdo sobre sua mesa, e cruzando a distância entre nós em três passos.

— Por que fez isso?

— Não faço ideia do que o senhor está falando, Sr. Cohen.

— Não teste minha paciência, Olivia. As chances são altas de ela cair para zero antes do que você imagina.

— E depois? O senhor vai me demitir? Vá em frente.

Cruzei meus braços e o observei me fuzilar com seu olhar repleto de fúria.

— Você ouviu minha conversa com o Sr. Morgan, não é?

— Foi difícil não ouvir.

— Não é minha culpa que o casamento dele não tenha dado certo. Ou você vai colocar sal no meu café toda vez que souber que meu cliente não quer mais viver com sua esposa? Se for assim, é melhor encontrar outro emprego, porque sou um especialista em casamentos fracassados. As pessoas dificilmente vêm aqui com boas notícias.

— Bem, boas notícias são relativas. Boas notícias para o Sr. Morgan significam deixar sua esposa na rua e fazê-la compensá-lo por não ser a esposa perfeita para ele. Mas não parece que ele tem sido um bom marido para ela também. Você não pode prometer que a fará pedir perdão a ele por não atender às suas expectativas estúpidas.

Leonel praguejou em voz alta e esfregou a ponte do nariz.

— Meus clientes me pagam bem, Olivia. Eles querem ficar satisfeitos com meu trabalho. Você não entende? Eu faço o que eles querem que eu faça. Eu digo o que eles querem que eu diga.

— O senhor sempre quer fazer o que eles querem que o senhor faça ou dizer o que eles querem que o senhor diga?

— Não. Mas é meu trabalho. E o seu trabalho é garantir que haja açúcar suficiente no meu café. Você será bem remunerada por isso.

— O senhor sempre paga mulheres para satisfazê-lo? Ou existem mulheres que o satisfazem gratuitamente?

Aquela era uma pergunta pessoal e eu sabia que ele não gostaria daquilo. E daí? Diferentemente de suas antigas assistentes, eu não estava aqui para satisfazê-lo. Ao menos não da forma que elas faziam.

Ele sorriu maliciosamente e olhou meus lábios de forma demorada e intencional.

— Não preciso pagá-las para me satisfazer. Elas fazem isso por livre e espontânea vontade. Mas... — Ele pousou um dedo sob meu queixo e abaixou a cabeça. — Se você quiser que eu lhe pague pelo *trabalho* extra, ficarei feliz em ver você me satisfazendo, Liv. Porque fazer café obviamente não é sua especialidade. Talvez haja outros talentos com os quais você possa me surpreender...

Meu coração acelerou. Eu queria desesperadamente lhe dar um tapa e precisei de todo o meu autocontrole para reprimir aquele impulso.

— Talvez — eu disse, fingindo que sua proximidade não me incomodava. — Mas prefiro derramar outra xícara de café na sua calça do que me tornar seu próximo brinquedo.

— Meu próximo brinquedo... — Ele repetiu as palavras lentamente como se as estivesse saboreando. — Gosto do modo como isso soa.

Em seguida, ele abaixou a mão e deu um passo para trás, mas seus olhos permaneceram sobre os meus. Eu jurava que podia ver o desejo neles — algo que ele não deveria sentir por mim. Porque eu não estava ali por um jogo. Ou talvez fosse um jogo, mas ele não estava no controle para estabelecer as regras.

Ele voltou para a sua mesa e disse:

— Certifique-se de que da próxima vez que entrar no meu escritório, sua visita seja mais agradável do que esta.

Vá se ferrar.

— Vou me lembrar disso, senhor.

— Ah, e mais uma coisa, Liv: você *vai* ao tribunal comigo.

— Não me lembro de ter permitido que o senhor me chamasse de Liv.

— Combina com você. Quase soa como '*love*'. Mas acho que você não quer que os outros funcionários me ouçam chamá-la de amor, então fico com Liv.

— Que seja. Espere, por que quer que eu vá ao tribunal com o senhor?

— Você não quer fazer café pelo resto da vida, não é? Com o seu diploma, você pode se tornar uma grande especialista em Direito de Família.

Eu não poderia contestar. Aquele tinha sido meu sonho há muitos anos, quando recebi meu diploma e consegui meu primeiro emprego como gerente de um supermercado, que estava muito longe de ser o que eu sempre quis fazer. E eu queria ajudar pessoas a resgatarem o que o Sr. Cohen desfazia com tanta facilidade.

Eu não havia escolhido Direito de Família porque queria ser como Leonel. Eu queria ajudar casais a encontrarem as raízes de seus problemas e ajudá-los a resolverem tais problemas sem tribunais. É claro que eu sabia que não seria capaz de salvar todos os casamentos. Minha mãe me disse certa vez que eu deveria ter me tornado uma terapeuta e não uma advogada, pois eu sempre colocava muitas emoções em tudo que eu fazia. Talvez ela estivesse certa, no fim das contas, e eu precisasse aprender a controlar minhas emoções, pois as chances eram grandes de que elas arruinariam tudo, inclusive meu trabalho para Leonel.

— O senhor leu meus documentos? — Eu estava honestamente surpresa por ele querer ler o que estava escrito neles.

— É claro que sim. Eu queria saber mais sobre você. É uma pena que seus documentos não digam nada sobre como você pode satisfazer seu chefe.

—É porque o que o senhor entende por *satisfazer* nunca esteve na minha lista de coisas para fazer aqui.

— Talvez devamos reescrevê-la então?

De todas as coisas que eu tinha conseguido descobrir sobre Leonel Cohen, ignorar seus comentários obscenos era o que mais parecia irritá-lo.

— Tudo bem. Vou com o senhor — eu disse, finalmente.

— Ótimo. Pelo menos desta vez eu disse algo que não a fez me odiar ainda mais.

Ele sorriu e abriu o laptop.

Não tire conclusões precipitadas, Leo. Odiá-lo é o que me mantem aqui.

Fingindo não ter ouvido o que ele disse, me virei para a porta e saí do escritório, pensando freneticamente em tudo que poderia dar errado no tribunal. Eu não queria testemunhar outra mulher sendo humilhada pelo meu chefe.

Mas acabou que ele tinha me levado com ele para me mostrar um lado diferente de um casamento. Aquele no qual eu não tinha pensado quando coloquei sal em seu café ou perguntei sobre o lado emocional de seus casos. Desta vez, ele me mostrou que o casamento poderia ser um plano cuidadosamente pensado — e não era o marido quem o tinha planejado.

Capítulo 4

— Meritíssimo, tenho mais uma prova de que meu cliente tem sido usado para garantir o futuro da Sra. Simons. — Leonel pegou um envelope que estava em sua mesa e o entregou ao juiz. — Há algumas semanas, quando o Sr. Simons fez uma viagem de negócios a Londres, sua esposa, a Sra. Simons, teve uma reunião interessante com seu advogado. De acordo com as fotos que lhe entreguei, eles se encontraram em uma casa que a Sra. Simons comprou algumas semanas atrás.

A face da mulher se tornou vermelha de raiva. Seu marido lhe lançou um olhar desconfiado.

— Mas você disse que estava visitando seu irmão.

Leonel sorriu sarcasticamente.

— Longe disso. O custo da casa era o dobro do que sua

esposa queria ganhar depois do divórcio, o que significa que ela seria três vezes mais rica do que você quando o divórcio estivesse finalizado.

Senti pena do Sr. Simons. De acordo com o que eu sabia de seu casamento, ele era um bom homem. Ele havia se casado com a esposa porque a amava. Infelizmente, não era recíproco.

— Obrigada pelo seu discurso, Sr. Cohen — disse o juiz. — Anunciarei minha decisão em quinze minutos.

Todas as pessoas presentes no tribunal se levantaram, observando o juiz sair.

Eu sabia que sua decisão seria favorável ao Sr. Simons. Ele merecia.

Olhei para Leonel e ele sorriu. Uma parte de mim estava feliz por eu estar errada sobre suas intenções como advogado. Ele havia feito seu trabalho muito bem e ajudado seu cliente a vencer. Ao contrário de minha irmã e sua filha, as quais ele tinha deixado sem pensar duas vezes. Será que ele as queria ver novamente algum dia? Ao menos para se certificar de que elas estivessem bem? Ninguém sabia a resposta daquela pergunta, com exceção de Leonel, é claro.

Após um breve intervalo, o juiz retornou e anunciou sua decisão, e Leonel e eu voltamos para o escritório.

— Você já pediu o jantar para mim e para meu pai?

Estávamos no banco traseiro do carro que estava sendo dirigido por um homem chamado Colin. Pelo que eu tinha lido nos arquivos de Madison, Leonel odiava engarrafamentos e preferia se sentar no banco traseiro e trabalhar em vez de encarar seu celular enquanto esperava os outros carros começarem a andar novamente.

— Sim.

Eu sabia que minha escolha de comida provavelmente o irritaria. Uma parte de mim queria cancelar o pedido, enquanto a outra parte ainda estava no lado da vingança.

— Ótimo.

Ele assentiu e me entregou um pedaço de papel dobrado.

— O que é isso?

— O endereço do lugar onde eu quero que você esteja hoje à noite.

Lancei a ele um olhar questionador, esperando uma explicação.

— Não vou revelar os detalhes. Você verá tudo com os próprios olhos. Apenas esteja lá às sete da noite. Vista algo que não chame muita atenção.

— O senhor quer que eu espie alguém?

— Não. E sim.

— Que diabos significa isso?

— Preciso que você tire algumas fotos do que verá lá.

— Então o senhor *quer* que eu espie alguém.

— Chame do que quiser, mas você vai gostar do que ver.

Ele piscou para mim.

— Se o senhor diz.

Ele se inclinou, aproximando-se do meu rosto, e disse baixinho para que apenas eu pudesse ouvi-lo:

— Se eu disse que você vai amar, você vai amar, independente do que seja.

Virei minha cabeça e encontrei seu rosto próximo ao meu. Nossos lábios estavam nivelados e eu me senti um tanto desconfortável, como se quisesse parar o carro repentinamente e sair para respirar ar puro, pois o ar dentro do carro parecia pesado demais.

— Sem dúvidas.

Tentei parecer calma, esperando que ele não percebesse meu nervosismo. Seu olhar era divertido e eu sabia que eu estava perambulando por terras perigosas com ele. Mas era tarde demais para mudar tudo. Eu estava presa a ele pelas próximas semanas. Depois disso, tudo acabaria e eu deixaria seu escritório de advocacia de cabeça erguida. Talvez...

Quando chegamos no escritório, já eram quase três da tarde, e o pai do Sr. Cohen estava prestes a chegar a qualquer segundo.

Eu estava na sala de espera, checando a comida que havia acabado de ser entregue.

— Obrigada. Fique com o troco — eu disse ao entregador. Ele pareceu satisfeito com a gorjeta. Colocando o dinheiro rapidamente em seu bolso, ele fechou a mala e foi embora.

Abri as embalagens e sorri matreiramente diante da visão da comida chinesa.

— Sua favorita — eu murmurei, pensando sobre a reação de Leonel à minha escolha. Ele ficaria bravo comigo novamente. E eu não poderia me importar menos com isso.

Em seguida, a porta se abriu e uma versão mais velha do meu chefe entrou. O Sr. Cohen vestia um suéter de cashmere azul escuro e calça jeans, o que o fazia parecer mais jovem do que realmente era.

— Boa tarde, senhor — eu o cumprimentei.

— Srta. Lambert.

Fiquei surpresa por ele saber meu nome.

— Molly me contou sobre você — ele disse. — E posso ver que ela estava certa.

Curiosa, perguntei:

— O que ela disse sobre mim?

Ele olhou para a embalagem de comida chinesa e riu.

— Que o meu filho está em boas mãos agora.

Contraí meus lábios, tentando esconder meu sorriso. Eu não queria que ele soubesse que eu havia pedido a comida com os malditos hashis de propósito.

— É claro que está — eu disse, tentando ser o mais educada possível.

— Espero que o meu jantar seja mais tradicional.

— Bife e brócolis está bom?

— Perfeito.

Suspirei aliviada. O Sr. Cohen parecia ser um bom homem, ao contrário de seu filho.

— Nos dê alguns minutos para conversamos — ele disse, encaminhando-se ao escritório de Leonel. — Depois você pode trazer sua surpresa. — Ele piscou para mim, me lembrando do gesto semelhante com o qual seu filho me presenteava frequentemente.

Um sorriso involuntário curvou meus lábios. Bella tinha um ótimo avô. Embora eu não soubesse muito sobre ele, eu sabia que ele seria o avô perfeito para ela. Um dia. Talvez... Ou talvez não, se eu decidisse que o restante da família de Leonel não merecia conhecer Bella. Eu não queria nada além do melhor para ela. Se isso significava que eu teria que passar por cima do meu orgulho e deixá-los conhecê-la, eu faria isso.

Mas... como eu poderia passar por cima do meu ódio por Leonel?

***

Leo

— Pai.

Me levantei para abraçar o homem mais velho. Eu sabia que ele confiava em mim com sua vida profissional, do contrário nunca teria me deixado comandar sua empresa. Assim como eu sabia o quanto ele gostava de me lembrar que o escritório era sua preciosidade, e que eu precisava ser muito cuidadoso com os clientes com os quais concordava em trabalhar.

— É bom ver você, filho. Já fazem quase duas semanas desde que você nos visitou. Sua mãe está sentindo sua falta.

— Eu sei, sinto muito. As últimas semanas têm sido bem agitadas para mim. Diga a ela que vou passar lá no próximo domingo.

— Espero que *agitada* não signifique sua nova assistente. Ela parece ser uma boa garota.

Sim, claro. Um demônio de saia combinaria mais com ela do que 'boa garota'.

— Ela também é advogada. É por isso que a deixei ficar.

Quero que ela veja como tudo funciona de dentro.

— Ótima ideia. — Ele se sentou à mesa oval ao lado da janela que ocupava a altura total da parede e me olhou de modo pensativo. — Molly me ligou ontem à noite.

Revirei meus olhos.

— Eu sabia que ela faria isso pelas minhas costas.

— Não se preocupe, ela não disse nada de mal sobre você. Pelo contrário, ela disse que não está preocupada contanto que Olivia fique de olho em você.

Eu ri.

— Fique de olho em mim? Acho que ela merece um *obrigado* por fazer isso.

— Eu diria um *muito obrigado*. Nós dois sabemos como você pode ser insuportável às vezes.

— Confie em mim, pai, não sou o único. — Gesticulei entre a porta da sala de espera e eu.

Olivia também era insuportável. E o pior era que eu gostava disso. Muito mais do que seria apropriado, já que ela era minha funcionária e eu não tinha direito de tocá-la. Sem contar de fazer outras coisas com ela, as quais já tinham cruzado minha mente várias vezes desde o momento em que a vi entrar em meu escritório e molhar minha calça.

— Me diga, como estão indo as coisas com o caso do Sr. Morgan?

O homem era um dos clientes de meu pai. Seu primeiro divórcio não tinha sido muito diferente daquele no qual eu estava trabalhando agora. No entanto, desta vez, tudo estava prestes a se virar contra ele.

— Olivia vai conseguir a última parte desse quebra-cabeça.

— O que quer dizer?

— Eu sabia que havia algo de errado com a decisão repentina dele de se divorciar de Cynthia. Eu já a encontrei uma vez e gostei dela. É uma boa mulher, muito gentil e ama o marido. Mas ele não a merece, assim como não merece nada do que quer ganhar depois do divórcio.

— O que sabe sobre ele?

— Por enquanto, nada de interessante. Mas como eu disse, Olivia vai me ajudar a lidar com ele.

— Tenha cuidado, filho, homens como Morgan não perdoam traidores.

— Não sou um traidor, pai. Sou advogado dele. E estou aqui para fazer a justiça vencer.

— E fazer Morgan perder?

Eu sorri.

— A justiça sempre vence. Não posso evitar.

Meu pai balançou a cabeça, sabendo que eu estava atrás de algo perigoso.

— Sou seu filho, lembra? Você me ensinou a ser justo. Não posso dizer que sempre sigo esta regra, mas este caso é diferente e vou seguir seu conselho e fazer o que deve ser feito.

— A Srta. Lambert tem algo a ver com a sua decisão repentina de fazer um jogo justo?

Hesitei em responder. Andei até a janela e observei a vista da cidade diante de mim.

— Talvez. Sabe, ela me perguntou se eu já me importei algum dia com os motivos que fizeram essas pessoas virem até mim. Honestamente, nunca pensei sobre isso até ela me perguntar. Sempre acreditei que eu fosse bom no que fazia. E então ela me fez ver tudo de um ponto de vista diferente.

— E?

— E eu acho que ela está certa. Eu preciso dar mais atenção ao problema de um casamento e depois ao modo de resolvê-lo.

Meu pai sorriu e assentiu com aprovação, como se fosse a primeira vez que ele percebesse que eu merecia tomar seu lugar na empresa.

— Ótimas palavras, filho. Estou feliz que você tenha finalmente aprendido a olhar além da superfície.

Olivia bateu à porta e disse:

— Com licença, senhores. Estão prontos para fazer uma pausa?

— Claro — disse meu pai. — Estou faminto. Mal posso esperar para ver o que você preparou para nós.

Era minha impressão ou aquilo tinha soado estranho?

Liv sorriu para ele e eu juro que algo dentro do meu peito se derreteu. Deus, ela era linda e inteligente e impossível — tudo ao mesmo tempo. Eu gostava daquela combinação mais do que qualquer outro desafio que eu já tinha enfrentado em minha vida.

Eu sabia que ela estava feliz com o resultado da audiência de hoje. Não que eu quisesse provar a ela que eu não era um canalha indiferente, mas estava contente por ter conseguido mostrar a ela um lado diferente do meu trabalho, onde não eram apenas as mulheres que se machucavam no fim.

Ela retornou alguns minutos depois com uma bandeja nas mãos. Havia dois pratos sobre esta. Ela entregou um ao meu pai e um a mim.

— Obrigado — eu disse antes de olhar para baixo e ver o que estava no meu prato. — O que é isso?

Eu sabia a resposta antes mesmo que ela a dissesse em voz alta.

— Frango xadrez.

Eu odiava molho de *chili* e amendoins fritos, e odiava ainda mais a combinação dos dois. Mas ela não sabia daquilo, certo?

— Parece... delicioso.

De esguelha, vi meu pai dar um sorrisinho. Ele sabia o quanto eu odiava comida chinesa e Olivia tinha pedido aquela comida especificamente.

— Ela é um tesouro, não é? — disse meu pai, mastigando um pedaço de seu bife.

— Com certeza.

Olhei para os hashis e depois para Liv.

— Fiz algo de errado? — ela perguntou inocentemente.

— Não. — Forcei um sorriso. — Me traga um copo de água, por favor.

Que vai ser minha única refeição por enquanto.

Assim que ela saiu, meu pai perguntou:

— Quer que eu divida minha porção com você? Não vou conseguir comer tudo sozinho.

— Não, obrigado. Vou esperar minha próxima refeição.

— Se Olivia ficar encarregada de fazer o pedido, eu não esperaria uma opção melhor.

— Na verdade, a culpa é minha. Eu disse a ela que como qualquer coisa que estiver no meu prato.

E eu a comeria para o jantar com muito prazer. Era uma pena que ela não estivesse no menu.

Olivia voltou com um copo de água e o depositou ao lado do meu prato.

— O senhor não comeu nada. Não gosta de comida chinesa?

— Ah... gosto. Eu só não tive a chance de experimentar o que você pediu ainda. Estava contando ao meu pai sobre a audiência de hoje.

— Ah, ok. Bom apetite, então. Me avise se precisar de mais alguma coisa. Eu também pedi chá com mel para ajudá-lo a relaxar depois da audiência.

Ela andou até a porta e eu não pude tirar meus olhos dela, independentemente do quanto eu odiasse a ideia de ingerir qualquer coisa que deixasse gosto de mel na minha boca. Mas se alguém colocasse mel sobre o corpo de Olivia, eu lamberia cada gota e pediria mais.

— A fome pode ser boa também — meu pai disse. — Às vezes.

Eu sabia que ele não estava falando sobre comida.

— Ela não é esse tipo de garota — eu disse.

— Eu sei. Mas isso não a deixa menos bonita.

Eu suspirei.

— Me conte uma novidade.

Liv não era apenas bonita. Havia algo nela que me atraía. Mesmo havendo uma parede literal entre nós, eu podia sentir quando ela estava por trás desta. Quando estávamos no tribunal, senti os olhos dela sobre mim. E toda vez que me virei, eu a peguei me olhando.

Eu não podia ler sua mente, mas realmente queria saber o que ela estava pensando. Porque parecia que toda vez que conversávamos, ela estava tentando descobrir algo sobre mim, e eu me perguntava se sua opinião em relação a mim havia mudado.

Parte de mim — aquela que nunca havia ouvido falar da existência da consciência — se sentiu repentinamente mais feliz com a resolução do caso do Sr. Simons. Talvez eu não fosse tão insensível, no fim das contas. Talvez houvesse algo dentro de mim que ainda acreditava que as pessoas fossem capazes de ter sentimentos verdadeiros e não apenas se envolvessem em casamentos falsos.

***

Meu pai e eu combinamos de nos encontrar no fim de semana, e para a minha surpresa, ele também convidou Olivia para jantar conosco. Ela recusou o convite, dizendo que visitaria seus pais, mas prometeu visitar a minha família em outro momento.

Como minha comida permaneceu intacta e eu não queria que minha charmosa assistente pensasse que eu não tinha gostado, liguei para a funcionária de limpeza e pedi que ela retirasse o prato do meu escritório. Ela disse a Olivia que estava ali para esvaziar a lixeira, então todos ficaram satisfeitos.

— Você enfeitiçou meu pai.

Eu olhei para Olivia, que estava sentada de frente para mim, ocupada escrevendo algo em seu caderno. Com os olhos ainda em suas anotações, ela perguntou:

— O que quer dizer?

— Tenho certeza de que ele vai passar a noite dizendo à minha mãe como você é maravilhosa e como eu sou sortudo por ter você aqui.

Ela desviou o olhar do caderno e me encarou.

— Bem, isso não é verdade?

Era verdade, é claro. Mas eu decidi mudar de assunto.

— Você se lembra da sua tarefa para hoje à noite?

— Sim. Ainda tenho tempo para me arrumar para minha espionagem. — Ela olhou para seu relógio. — O senhor se importa se eu sair mais cedo para trocar de roupa?

Eu não me importaria se ela fizesse aquilo no meu escritório, mas duvidava que ela fosse gostar da ideia.

— Claro. Pode sair agora, se quiser.

— Ótimo.

Ela fechou o caderno e se levantou para sair.

— Vejo você mais tarde, Liv.

Ela balançou a cabeça, provavelmente a ponto de dizer mais uma vez que nunca tinha permitido que eu lhe chamasse de Liv. Mas nenhum comentário sobre o nome se seguiu.

Virada de costas para mim, ela acenou com uma mão,

dizendo:

— Até depois, senhor.

Eu ri e cruzei meus braços, observando-a ir embora.

O que vou fazer com você, Liv?

***

Olivia

No momento em que pisei no lobby do Hotel Sunrise, soube que a ideia de Leonel de me enviar até aquele lugar naquela noite tinha sido brilhante. Conforme o acordo de casamento que o Sr. Morgan e sua esposa haviam assinado, um cônjuge adúltero perderia seus direitos por tudo que tinha sido adquirido durante seu casamento. E agora eu sabia quem seria o vencedor daquele caso.

O babaca estava tão distraído com sua jovem amante que não via nada e ninguém à sua volta, inclusive eu. Tirei algumas fotos e as enviei a Leonel.

"É isso que o senhor queria que eu visse?"

"O que quero que você veja está na minha cueca. Mas sim, suas fotos também são boas."

Revirei meus olhos.

"O que faço com elas?"

"Imprima todas e traga para mim. Agora."

Olhei para o meu relógio de pulso.

"Já são quase oito da noite. O senhor ainda está no escritório?"

"Não. Traga ao meu apartamento."

Ele me enviou seu endereço em seguida.

Ótimo, simplesmente ótimo.

Frustrada, eu digitei: *"Ver o conteúdo da sua cueca não fazia parte dos meus planos para esta noite."*

"Mas faz parte dos meus. Vou deixar que você o toque o quanto quiser... de preferência com a boca."

Babaca.

Não que isso fosse uma novidade para mim.

Encontrei o número de Rose e liguei para ela, dizendo:

— Oi, você pode ficar mais um pouco com Bella, por favor? Meu chefe quer que eu faça algo para ele.

A imagem do que ele havia acabado de mencionar que desejava que eu fizesse passou por trás dos meus olhos fechados, mas eu os abri rapidamente, pisquei algumas vezes e voltei minha atenção ao Sr. Morgan outra vez.

— Sem problemas — Rose disse do outro lado da linha.

— Obrigada, querida. Estarei de volta em algumas horas.

— Tome o tempo que precisar, Liv. Se quiser, posso passar a noite aqui.

— Não vai ser necessário. Vou tentar ser rápida.

— Ok.

Encerrei a ligação e saí do hotel para pegar um táxi. O caminho até o apartamento de Leonel não deveria levar muito tempo e eu realmente esperava que aquele encontro não planejado não durasse para sempre. Eu odiava a ideia de Bella adormecer sem mim. Ela se assustava facilmente com os pesadelos e eu queria estar lá caso ela tivesse outro deles. Desde que Winter havia sido levada para o centro de reabilitação, os pesadelos tinham se tornado os convidados mais indesejados de Bella. Eu era a única pessoa que sabia como fazê-la se sentir melhor.

Cerca de quarenta minutos depois, o táxi parou em frente ao prédio onde meu chefe morava. Era um condomínio moderno de cinquenta andares. Paguei pela corrida e me dirigi até as portas de vidro.

— Boa noite, senhora. Posso ajudá-la? — perguntou um dos seguranças.

— Estou aqui para ver Leonel Cohen.

— Qual é o seu nome?

— Olivia Lambert.

Ele checou algo em seu iPad e me entregou a chave do elevador.

— Último andar.

— Uma cobertura, é claro.

Eu deveria ter adivinhado que Leonel não escolheria nada além do melhor.

Descobri que o elevador para o qual eu tinha a chave era privado e me levou diretamente até seu apartamento.

De alguma forma, a breve viagem me deixou nervosa. Não que eu estivesse aqui para realizar as fantasias estúpidas de Leonel, mas me senti nervosa com a ideia de ver seu apartamento. Me perguntei se aquele lugar era o mesmo que ele dividia com a minha irmã. Será que eu encontraria algo que pertencia a ela? Veria fotos dela? É claro que não. Ele provavelmente tinha se livrado de tudo que o lembrasse da obrigação que acabou se tornando muito mais complicada do que ele esperava.

Fiquei surpresa com o fato de que os arquivos de Madison não diziam nada sobre o período em que Leonel havia namorado com Winter. Não tinha sido apenas um encontro, mas um ano inteiro de encontros. Ou talvez ele fosse muito bom em esconder o romance dos dois de todos que ele conhecia.

— Olá? — eu disse ao pisar em um corredor espaçoso. As paredes e o chão eram feitos de mármore branco e marrom escuro que mesclavam as duas cores em um padrão intricado. — Sou eu... Olivia!

O lugar estava silencioso e eu me perguntei se Leonel ainda se lembrava de minha visita. Dei alguns passos à frente e entrei na sala de estar, que era três vezes maior do que meu apartamento inteiro. As cores principais ali eram branco, cinza e preto, embora ainda se parecesse com um lar aconchegante, com várias almofadas no sofá e um lindo tapete próximo à lareira. Havia muitos livros em uma estante enorme que ocupava uma das paredes. A parede oposta pertencia a uma tela de projeção gigante, mas não havia TV na sala.

Não ouvi Leonel entrar.

— Odeio assistir TV — ele disse.

Me virei com o som de sua voz.

— Eu trouxe o que o senhor pediu e... — parei em meio à frase, o calor descendo pelas minhas costas.

Santo Deus...

Ele estava quase nu, exceto por uma toalha preta que envolvia sua cintura. Seus cabelos escuros estavam molhados e eu podia ver algumas gotas de água escorrendo pelos seus ombros, peito e braços.

— Quer me secar? — Sua voz rouca nunca tinha soado tão sexy quando naquele momento.

Porra...

Capítulo 5

Ele estava de pé sob uma lâmpada que destacava cada músculo definido de seu torso, que parecia ter sido esculpido por um artista. Traços perfeitos que fluíam dos seus ombros e desapareciam sob sua toalha. Cada respiração dele enfatizava a força que seu corpo possuía. Eu apostava que as mulheres morriam de vontade de passar pelo menos algumas horas com ele em uma cama. E em qualquer outra situação, eu não me importaria em ser uma delas.

Porra, Liv! Que diabos você está pensando?

Minhas mãos ansiavam tocar sua pele lisa e bronzeada. Ela me chamava, implorando para que eu esticasse minha mão e a pressionasse contra sua superfície calorosa. Mas eu não poderia deixar aquele pensamento se tornar em uma ação real. Engoli em seco e pisquei. Precisei de toda a minha força de vontade para desviar meus olhos de seu peito e finalmente olhá-lo nos olhos.

— O senhor sempre recebe seus convidados seminu?

— Se quiser que eu fique totalmente nu para você, é só puxar a toalha, Liv.

Eu fiz uma careta diante do óbvio sarcasmo em sua voz.

— Muito engraçado. Aqui estão as fotos. — Pressionei o envelope contra seu peito com força. — Boa noite, Sr. Cohen.

Ele pegou minha mão e me deteve.

— Sem pressa.

— O que mais o senhor quer?

— Você. — Ele pausou por um segundo. — Quero que você fique e jante comigo.

— Não é um pouco tarde para mais uma refeição?

Ele deu de ombros.

— Vamos chamar de jantar tardio.

— Não posso ficar.

— Por quê?

Seu aperto em minha mão se intensificou.

— Tenho alguém me esperando em casa.

Suas sobrancelhas se encontraram como se ele tivesse acabado de perceber que existiam outras pessoas no planeta além de nós dois, bem como outros homens com os quais eu poderia estar mais interessada em passar a noite.

— Você não é casada, certo?

Eu sorri.

— Por quê? Casamento seria um problema para o senhor? O senhor não janta tarde com mulheres casadas?

— Não. Não divido o que é meu, assim como nunca pego o que não me pertence.

— Que nobre da sua parte. Quem diria?

— Está surpresa em saber que eu tenho moral?

— Honestamente? Sim.

— Então por que não fica e aprende um pouco mais sobre mim, Liv? Confie em mim, sou cheio de surpresas.

— Não respondi sua pergunta sobre marido.

— Já respondeu. Você não tem.

— Como sabe disso?

Seus lábios se retorceram em um sorriso felino. Então ele se aproximou do meu rosto e sussurrou contra os meus lábios:

— Se você tivesse um marido, não estaria flertando comigo agora.

—Não estou…

Ele colocou um dedo sobre meus lábios, me calando.

— Dois dias na sua companhia mais que agradável foram mais do que suficientes para saber que você, ao contrário do que pensou em relação a mim, tem moral. E se você fosse casada, não olharia para o meu peito nu do jeito que olhou, como se quisesse lamber cada gota de água escorrendo pela minha pele.

— Você... — Tentei me desvencilhar de seu aperto, o que apenas fez com que seu desejo de me prender em seu apartamento e seus braços aumentasse.

Ele colocou o braço livre ao meu redor e me pressionou com mais força contra ele.

— Me solte — eu sibilei. O envelope que eu tinha trazido comigo caiu sobre o chão e agora não havia nada entre mim e sua nudez, com exceção das minhas roupas. — Pensei que você nunca se permitisse tocar suas funcionárias.

— Não estamos no trabalho agora, mas é certamente um prazer ter você nos meus braços.

— Se não me soltar, vou gritar.

Ele quase riu. *Quase.*

— Vá em frente. Não há vizinhos neste andar, duvido que alguém seja capaz de salvá-la. Grite o quanto quiser, eu serei o único a ouvir.

O silêncio caiu sobre nós. Nenhum de nós disse nada, como se estivéssemos pensando nos gritos que poderiam ocorrer naquele apartamento, os quais não teriam nada a ver com um pedido de ajuda.

— Que jogo você está jogando, *Leo*?

— Ah, eu amo o modo como meu apelido soa na sua boca. Mas acho que não me lembro de deixar você me chamar dessa forma.

— É troco pelo '*Liv*'.

Ele sorriu matreiramente.

— Justo. — Removendo uma mecha do meu cabelo do meu rosto, ele segurou meu rosto entre as mãos, obviamente adorando o efeito que seus toques tinham sobre mim. — Você vai me chamar de Leo no trabalho também?

— Se você quiser.

— Eu queria que você fizesse muito mais do que isso, Olivia. Gosto do seu nome inteiro também, por sinal.

O ar estalava entre nós como se estivéssemos no meio de uma fogueira sem nenhum desejo de sermos salvos. Era muito difícil ignorar a estática que dançava ao nosso redor. Mas eu não podia deixar que seu charme me cegasse. Ele era meu inimigo e eu não o deixaria me seduzir de jeito nenhum.

— Me solte ou amanhã não terá ninguém para trazer café para você.

Ele suspirou e abaixou suas mãos lentamente.

— Que pena... eu realmente queria que você ficasse, Liv.

— Esta é a primeira e última vez que concordo em vir até seu apartamento, Sr. Cohen. Brincar de casinha sempre ajuda, mas não neste caso.

O olhar que ele me deu dizia que ele não acreditava em uma única palavra do que eu estava dizendo.

— Veremos — ele sussurrou, como se soubesse exatamente o que eu estava pensando naquele momento.

— Boa noite.

Comecei a caminhar até o elevador.

— Bons sonhos, Olivia — ele respondeu. — Espero que os seus sejam tão obscenos quanto os meus.

Apertei o botão e as portas de metal se abriram. Eu adentrei a cabine e olhei para o meu chefe, que definitivamente não fazia ideia do que a palavra 'moral' significava. Porque antes que as portas do elevador se fechassem, ele puxou a toalha que estava usando e a deixou cair no chão. Seus olhos nunca deixaram os meus...

***

Quando cheguei em casa, Bella já dormia profundamente.

— Eu li uma história e ela dormiu assim que eu fechei o livro — Rose disse em um sussurro.

— Obrigada por ficar com ela hoje. E me desculpe pela

demora.

— Não se preocupe, Liv. Você sabe que eu gosto de passar tempo com ela. É melhor eu ir para casa e dormir um pouco para estar cheia de energia para brincar com ela amanhã de manhã. — Ela pegou seu celular, que estava sobre a mesinha no corredor, e o colocou em sua bolsa. — A propósito, sua mãe ligou. Ela disse que vai estar na cidade nesta sexta-feira e queria saber se você gostaria de almoçar com ela.

— Vou ligar para ela amanhã. Mais uma vez, obrigada, Rose.

— De nada.

Ela vestiu seu suéter branco comprido e foi embora. Rose era casada há alguns anos, mas não tinha filhos. Eu achava que este era um dos motivos pelo qual ela gostava de ficar com Bella.

Fechei a porta atrás de Rose e me recostei à superfície de madeira, fechando meus olhos.

Meu dia tinha sido um inferno, sem contar seu fim.

Eu ainda não conseguia parar de pensar sobre o que vi quando saí do apartamento de Leonel. Eu sabia que aquela imagem permaneceria em minha mente para sempre. Me perguntei se ele tinha feito aquilo para me afastar, ou pelo contrário, para me fazer acreditar que ser mais do que uma assistente para ele seria divertido.

Qualquer que fosse seu plano, de uma coisa eu tinha certeza: eu deveria ficar longe dele. Apesar de que, o mais distante que eu poderia ficar dele no trabalho era na sala de espera.

Passei minhas mãos pelos meus cabelos e fui tomar um banho. Eu realmente precisava disso. Assim como precisava me preparar para amanhã. Meu chefe teria outra audiência e eu sabia que ele queria que eu estivesse no tribunal com ele. Novamente. Mas desta vez, era para ver como a evidência que eu tinha conseguido naquela noite o ajudaria a pôr um fim no casamento cheio de mentiras do Sr. Morgan.

***

A juíza olhou para as fotos que eu havia tirado na noite passada e depois para o Sr. Morgan.

— O quê? — o homem perguntou, seus olhos passando de Leonel para a juíza.

Meu chefe não queria que ele soubesse que tirar as fotos tinha sido sua ideia, afinal de contas, o Sr. Morgan era seu cliente e o trabalho de Leonel era garantir que o casamento do idiota terminasse a seu favor. Foi por isso que antes que a audiência começasse, ele me pediu para entregar as fotos à advogada da Sra. Morgan, que as entregaria à juíza, fazendo sua cliente ganhar o caso.

— Pode explicar isso? — a juíza perguntou ao Sr. Morgan.

Ele colocou os óculos e se aproximou para ver o que havia nas fotos.

— O que...

Ele se virou e olhou para Leonel. Meu chefe deu de ombros e balançou a cabeça como se fosse a primeira vez que estivesse vendo as fotos.

A juíza olhou para os papéis que estavam sobre a mesa e depois para as fotos novamente.

— Acredito, Sr. Morgan, que o senhor saiba o que isso significa. Ou devo explicar minha decisão?

O homem retirou os óculos e lançou um olhar assassino a Leonel.

— Você não deveria deixar merdas como estas acontecerem.

— Não sou todo-poderoso. Além do mais, você é quem deveria ter escondido melhor sua amante.

Leonel perdeu o caso. E fez isso intencionalmente.

A juíza anunciou sua decisão sem precisar de um tempo adicional para ponderar.

Quando tudo terminou, a Sra. Morgan veio até Leonel e o agradeceu.

— Você não faz ideia do quanto o que fez significa para mim.

— Fiz o que precisava fazer. Mas há mais uma pessoa que você deveria agradecer pelo resultado deste caso. — Ele se virou para mim e gesticulou para que eu me aproximasse. — Olivia Lambert, minha assistente. Ela me disse para olhar para este caso de um ponto de vista diferente.

— Obrigada, senhorita. Você e o Sr. Cohen fazem um ótimo timc.

— De nada.

Fingi não ouvir a segunda parte de seu comentário. Ela agradeceu meu chefe mais uma vez e saiu do tribunal. Já que Leonel e eu tínhamos vindo ao tribunal separadamente, era a primeira vez que tínhamos uma chance de conversar naquele dia.

— Dormiu bem? — ele perguntou, arrumando sua maleta. Ele parecia estranhamente feliz, o que fez minha irritação em relação ao fim da nossa conversa da noite anterior aumentar ainda mais.

— Como um bebê — respondi.

Ele sorriu.

— Ótimo. Suponho que isso signifique que você esteja pronta para mais um dia comigo.

— Nenhuma quantidade de sono é suficiente para que eu esteja pronta para você, Leo.

Seu sorriso se alargou.

— Imagine o que você diria depois de uma longa noite comigo. Você deveria ter ficado ontem à noite. Tinha uma surpresa *enorme* esperando por você por trás da minha toalha. — Ele passou por mim e parou quando chegou à porta. — Vem comigo ou não? E isso não significa o que você está pensando, Liv. Pelo menos não agora.

Filho da puta convencido!

Respirei fundo e me apressei atrás dele.

Como sempre, seu motorista estava esperando por nós. Ele abriu a porta e esperou até que eu embarcasse no carro.

— Está com fome? — Leonel perguntou, sentando-se ao meu lado. Ele afrouxou a gravata e a tirou.

— Na verdade, estou.

Ele não precisava saber que depois de mais uma noite sem dormir — graças a ele e seu comportamento na noite passada —, eu me sentia como uma laranja sugada e não tive tempo para nada além de um gole de café pela manhã. Eu estava apressada e não queria perder o início da audiência que prometia ser interessante.

— Peter, nos leve ao The Bay, por favor. Já foi lá? — ele perguntou, voltando-se a mim.

— Não.

—É o melhor restaurante de frutos do mar da cidade. Você vai amar.

— Como tudo que você diz ou faz — eu disse, me lembrando de suas palavras durante uma das nossas conversas no escritório.

Ele riu.

— Exatamente.

Quando o motorista deu partida no carro e acelerou para longe do tribunal, Leonel disse baixinho:

— Sinto muito pelo que aconteceu ontem à noite. Não sei por que pensei que irritá-la com meus comentários e cantadas estúpidas nos ajudaria a nos conhecermos melhor.

— Ah, não sinta. O que você fez me disse muito sobre você, na verdade. Assim como sobre o que tem na sua cueca, que você preferiu não vestir antes da minha chegada.

Ele fez uma careta.

— Foi por isso que pensei que lhe devia um pedido de desculpa. Aposto que você acha que eu sou um grande babaca agora.

— Foi o que pensei no momento em que o conheci.

— O que significa que agora sua opinião sobre mim é ainda pior?

— Por que se importa?

— Porque sou uma pessoa que se importa. Você ainda não

percebeu? Perdi o caso por você. Isso não é o suficiente para fazer você mudar sua atitude tendenciosa comigo?

— Você perdeu o caso por *mim*?

— É claro. Você queria que eu fosse justo e eu fui justo. Não mereço uma segunda chance?

— Essa carinha de cachorro que caiu da mudança não está funcionando comigo.

Embora eu tivesse que admitir que era engraçado vê-lo fingir ser bonzinho. Seu olhar suplicante era adorável.

— Meu corpo nu funciona mais?

Senti o sangue correndo mais rápido em minhas veias, o que era quase tão ilegal quanto o fato de Leonel ser um canalha tão lindo.

— Se pensou que deixar sua toalha cair na minha frente faria eu me apaixonar por você, deveria ter pensado duas vezes antes de fazer isso.

— Por quê? Não gostou da toalha ou do que estava escondido sob ela?

— Não olhei para o que estava escondido sob ela.

— Mentirosa. Seus olhos foram para o meu pau no momento em que a toalha caiu no chão.

Apesar de tentar parecer estoica, eu sabia que minhas bochechas denunciariam meu constrangimento. Eu não podia ver meu rosto agora, mas sabia que ele estava pegando fogo.

— E eu aqui pensando que o pedido de desculpas pelo seu comportamento na noite passada tinha sido sincero.

— Foi do fundo do meu coração, Liv. Eu juro. — Ele colocou uma mão sobre o peito, onde seu coração batia sob seu terno. — Mas isso não muda o fato de que eu gosto de provocá-la. E que gosto ainda mais do fato de que você gosta.

— Não gosto!

— É, continue dizendo isso. Talvez você acredite.

— Você é tão cheio de si.

— *Você* gostaria de ficar *cheia de mim*?

Respirei profundamente.

— Se você não parar de ser um babaca comigo, vou sair do carro e nunca mais voltarei ao escritório.

Sua risada era tão pura e livre, como se pertencesse a uma criança e não a um adulto. Ele pegou minha mão e entrelaçou nossos dedos.

— A Sra. Morgan estava certa, afinal. Nós fazemos um ótimo time. — Uma piscadela seguiu suas palavras.

Tentei puxar minha mão, mas ele não deixou.

Que seja.

Àquela altura, eu pensei que seria muito melhor ignorá-lo. Então me virei para a janela e tentei focar em qualquer coisa que não fosse o que o toque de Leonel causava dentro de mim. Sua mão era macia e quente. Eu sabia que estava segura com ele.

Meu Deus, porque ele tinha que ser tão bom quando tudo que eu queria era ver o pior lado dele? Eu precisava fazê-lo pagar por seus erros, mas por outro lado, não queria mais nada além de permanecer naquele carro com ele de mãos dadas enquanto dizíamos coisas engraçadas um ao outro...

Que desastre.

Então meu celular me poupou de mais torturas mentais. Para

atender a chamada, precisei libertar minha mão da de Leonel. Ele a soltou e me observou pegar o celular da bolsa.

— Alô?

— Me desculpe se eu estiver interrompendo algo — disse Rose. — Mas Bella não consegue encontrar sua boneca de porcelana favorita e eu não quero que ela fique chateada.

— Tudo bem, Rose. Cheque a caixa azul que está debaixo da cama. Deve estar lá.

A julgar pelo barulho do outro lado da linha, Rose estava tentando encontrar a caixa mencionada.

— Graças a Deus — ela disse após alguns segundos. — Encontrei!

— Ótimo. Espero que isso a deixe feliz.

— Tenho certeza que sim.

Nos despedimos e eu guardei meu celular em minha bolsa.

— Está tudo bem?

A pergunta de Leonel era carregada de preocupação.

— Sim.

— Não sabia que você tinha uma filha.

Engoli em seco. Eu não iria contar a ele sobre Bella, pelo menos não agora. Mas não parecia que eu tinha outra escolha.

— Bella não é minha filha — eu comecei cuidadosamente. — Ela é minha sobrinha. Ela está morando comigo enquanto sua mãe está... de férias.

— Ah... quantos anos ela tem?

— Vai fazer quatro daqui a alguns meses.

Eu ainda não sabia como contar à pobrezinha que sua mãe

perderia seu aniversário. Bella mal podia esperar para vê-la novamente.

— Onde está o pai dela?

Aquela era a última pergunta que eu esperava ouvir de Leonel.

Bem aqui. Sentado ao meu lado, fazendo perguntas que não estou pronta para responder.

— Não sei. Nunca nos conhecemos. Minha irmã preferiu manter a identidade dele secreta.

— Por quê?

— A decisão foi dela e eu nunca a pressionei.

— Entendo. Quer que eu mude seu horário de trabalho para que você possa passar mais tempo com Bella? É um lindo nome, por sinal. O nome da minha avó era Bella. Sempre gostei desse nome.

Tudo dentro de mim se apertou como um nó. Todos aqueles medos que eu tinha antes de começar a trabalhar para Leonel cruzaram minha mente. Como se ele tivesse acabado de abrir a porta que tinha permanecido trancada por todo aquele tempo. Mas ela não poderia continuar trancada para sempre, pois os segredos que ela protegia teriam que ser revelados em algum momento.

E se ele ligar os pontos e perceber que estou aqui por um motivo? E se ele souber que Bella é sua filha?

— Não há necessidade de mudar nada — eu disse com o máximo de calma possível. — Como já sabe, eu tenho uma babá. Rose é muito querida. E ela ama Bella.

— Tudo bem. — Ele pensou por um momento e acrescentou:
— De qualquer forma, me avise se precisar de qualquer coisa.

Eu o olhei com surpresa.

— Tipo o quê?

Ele deu de ombros.

— Qualquer coisa. Exceto cuidar de Bella. — Ele sorriu gentilmente. — Não faço ideia do que fazer com crianças. Especialmente se elas são tão geniosas e teimosas como suas tias.

Capítulo 6

Não conseguia me forçar a comer. Meu apetite evaporou no momento em que Leonel começou a fazer perguntas sobre Bella, e eu parecia ser incapaz de pensar sobre o momento em que diria a ele que ela era sua filha.

Quanto mais tempo passávamos trabalhando juntos, menos eu entendia os motivos de Winter para escolhê-lo dentre todos os homens disponíveis no mundo. Ela sempre gostou de homens com senso de humor, que não se importavam em construir uma carreira ou se tornarem famosos. A maioria de seus namorados estavam satisfeitos com a vida que tinham, assim como com as roupas que vestiam. Eu nunca tinha visto nenhum deles com um terno, muito menos com sapatos engraxados ou gravatas.

Mas Leonel era diferente.

E o pior era que ele tinha profundidade. E quanto mais eu mergulhava em seu mundo, mais eu podia ver isso.

— Um centavo por seu pensamento — ele disse, passando geleia de maçã em um pedaço de croissant. — Você não tocou sua comida. Está tudo bem?

Por que ele tinha que ser tão atencioso?

— Estou bem. É só que eu... me lembrei de quanto trabalho tenho a fazer quando voltar para o escritório.

Ele sorriu.

— Considerando-se que eu acabei de perder um dos casos mais lucrativos e fiz isso por livre e espontânea vontade, o restante do trabalho pode esperar até amanhã. Volte para casa e passe o resto do dia com sua sobrinha. Aposto que ela está sentindo sua falta.

— A todo momento.

Eu estava feliz por não precisar voltar ao escritório. Eu precisava adicionar distância entre Leonel e eu, ainda que isso durasse menos de um dia.

— Antes que vá, quero que você termine seu almoço — ele insistiu. — Não quero que você desmaie a caminho de casa.

Seu cuidado me irritava. E me tocava da mesma forma. *Droga.*

Eu não queria que ele fosse tão bondoso, tão perfeito em suas imperfeições e teimosia. Mas quanto mais eu dizia a mim mesma que não deveria gostar dele, mais eu me apaixonava por tudo que ele dizia ou fazia.

Eu sabia que aquilo era errado de muitas formas. Mas não podia evitar.

Desisti.

— Ok. Posso fazer algumas perguntas?

Se eu precisava encontrar outra razão para odiá-lo, por que não tentar agora?

— Claro. O que quer saber?

Ele enfiou um pedaço de frango com salada césar em sua boca e mastigou, esperando minha pergunta.

— Por que você não é casado? Seja honesto.

— Bem... — Ele suspirou e limpou a boca com um guardanapo. — Como já sabe, minha profissão me ensinou uma boa lição: nunca começar algo sobre o qual você não esteja certo. Na minha opinião, casamentos não fazem sentido. Se você ama alguém e quer passar o resto da vida com esta pessoa, por que se importa se está legalmente documentado ou não?

— É verdade. Mas a maioria das garotas quer se casar. E antes que você pergunte, não sou uma exceção à regra. Isso significa que um dia, quando encontrar o homem pelo qual me apaixonarei, definitivamente vou querer que ele me peça em casamento.

— Me ligue quando isso acontecer e vou lhe dar um milhão de motivos para você não aceitar. — Ele sorriu. — Ou pelo menos me deixe ajudá-la a fazer um bom acordo de casamento para garantir que você receba alguns bônus do casamento.

— Obrigada. Vou me lembrar disso. — Pensei sobre minha próxima pergunta. — Já se apaixonou? De verdade.

Eu tinha certeza de que ele diria que sim, pois de que outra forma Winter teria acreditado que ele era o amor de sua vida? A menos que ele fosse muito bom em fingir estar apaixonado por ela.

Ele esfregou o queixo de modo pensativo.

— O que quer dizer com '*de verdade*'?

— Quando você não consegue imaginar deixar aquela pessoa ir embora, nem mesmo por um segundo.

Acho que meu coração errou a batida enquanto eu esperava sua resposta. Eu realmente queria saber se seus sentimentos por minha irmã eram verdadeiros. Mas por outro lado, não queria saber nada sobre isso.

Talvez eu não devesse ter iniciado aquela conversa estúpida, no fim das contas. Parecia que a cada palavra que ele dizia, minha atitude em relação a tudo que havia acontecido entre ele e Winter se tornava mais complicada. Eu não sabia o que queria ouvir. E não sabia como iria fazê-lo pagar pelo que havia feito.

Nossos olhares se cruzaram e ficamos em silêncio por alguns segundos. Então ele disse:

— Acho que a resposta para a sua pergunta é 'não'. Acho que não sou do tipo que ama.

— E todas as garotas com quem você sai? Não sente nada por elas além de desejo?

Ele quase engasgou com seu café.

— Todas as garotas? Você me faz sentir como um mulherengo incorrigível.

— E você não é?

Ele deu de ombros.

— Nunca pensei sobre isso. Além do mais — ele se inclinou para mim —, todos os rumores que você ouviu sobre mim não são verdadeiros. Mas não conte isso a ninguém ou posso perder minha reputação de mulherengo. — Ele se sentou em sua cadeira novamente. — Quanto à sua pergunta sobre sentimentos, não sei o que é o amor. Nunca o vi ou toquei. Só ouvi falar sobre ele. Mas não é o suficiente para que eu o sinta.

— Você vai ser solteiro para sempre?

— Quem sabe? Talvez um dia eu encontre alguém capaz de me fazer mudar de opinião sobre tudo. Não estou dizendo que não quero ter uma família e filhos. Mas à essa altura, não consigo me imaginar sendo um marido ou pai exemplar.

Por que não estou surpresa em ouvir isso?

— O que você faria se uma das mulheres com as quais você sai lhe dissesse que estava grávida com o seu bebê?

Era uma pergunta arriscada, mas não consegui me conter. Ele me olhou de forma longa e pensativa e, por um segundo, pensei tê-lo pressionado demais.

— Por que está me fazendo estas perguntas, Liv? Quer ficar grávida de mim?

Ele estava brincando, eu sabia.

Abri um sorriso largo.

— Deus me livre. E não é porque eu ache que você é um homem ruim. Só não consigo me imaginar tirando minha roupa e dormindo na mesma cama que você, muito menos...

A julgar pelo sorriso em seu rosto, que aumentava com cada palavra que eu dizia, ele tinha achado meu discurso desenfreado muito divertido.

— Muito menos o quê?

Ele deu um gole grande em seu café, me observando sobre a borda da xícara.

— Esqueça.

Droga, falar sobre dormir com ele não era uma boa ideia.

— Quer saber o que eu acho sobre você e eu dormindo na

mesma cama?

— Não.

Mas ele deu voz aos seus pensamentos de qualquer forma.

— Posso facilmente imaginar isso acontecendo agora: você, eu, meu quarto, as luzes apagadas. Você está tirando seu vestido, aquele que você estava usando no dia em que nos conhecemos. Ele cai sobre o chão e eu vejo tudo que estive morrendo de vontade de ver desde a primeira xícara que você derramou em minha calça.

Olhei em volta, esperando que ninguém além de mim pudesse ouvir o que ele estava dizendo.

— Nunca vou me esquecer do jeito como você me olhou quando eu disse que queria que você tirasse minha calça. Se dormir comigo e continuar a me odiar, tenho certeza de que a noite que passarmos juntos será significativa.

O calor percorreu meu corpo. Engoli em seco, tentando agir normalmente. Eu certamente não queria que ele percebesse o que suas palavras me causavam.

Proibido. Nunca deve acontecer. Errado.

Sua voz se tornou um murmúrio, e ele continuou:

— Eu toco a sua pele aveludada e respiro o aroma doce do seu perfume. Você coloca os braços ao redor do meu pescoço e seus lábios se aproximam dos meus. Minhas mãos passeiam pelas suas costas até eu perceber que sua lingerie está no caminho para chegar até onde quero. Eu...

— Ok, entendi — eu disse, vendo uma garçonete se aproximar de nós.

Enquanto ela pegava os pratos e talheres, Leonel permaneceu

em silêncio. Mas seus olhos traziam uma diversão jovial e eu me perguntei se conversas como aquela eram comuns para ele. Assim que a garçonete saiu, ele disse:

— Suas bochechas estão da cor mais adorável de rosa.

Merda.

— Eu deveria dizer coisas inapropriadas com mais frequência para apreciar a vista.

Ele sorriu e mordeu o lábio inferior, seus olhos fixos em minha boca.

— É porque está muito quente aqui.

Peguei um copo de água e bebi boa parte do líquido.

— Vai ficar ainda mais quente se você decidir dormir comigo.

Ah, ele tinha coragem.

Dei meu melhor sorriso e disse:

— Foi mal, não estou interessada.

Ele sorriu matreiro, e a temperatura do ar ao meu redor aumentou.

— É claro que está. Vou esperar o quanto for necessário para você admitir.

— Espere o quanto quiser, mas não vou dormir com você.

— Por experiência própria, eu sei que coisas imprevisíveis acontecem. Especialmente quando você menos espera.

— Assim como os divórcios.

— É verdade.

Ele gesticulou para que a garçonete nos trouxesse a conta.

— Tem certeza de que não precisa de mim no escritório

hoje?

Não que eu estivesse tentando fazê-lo mudar de ideia sobre me dar uma folga do trabalho, mas senti que precisava ouvir mais uma vez que sua decisão era final.

— Positivo. A menos que você tenha mudado de ideia sobre dormir comigo. O sofá do meu escritório é muito confortável.

Me levantei e balancei a cabeça.

— Você é muito atrevido, Sr. Cohen.

— Isso é fato. — Ele se colocou de pé, me acompanhou até o lado de fora e esperou até que eu conseguisse um táxi. Entrei no carro e estava prestes a agradecê-lo pelo almoço quando ele se antecipou: — Da próxima vez que quiser falar sobre minha vida pessoal, certifique-se de que estejamos sozinhos e não haja ninguém para me interromper quando eu lhe contar mais sobre minhas fantasias indecentes sobre você.

***

Havia algo seriamente errado comigo. Já faziam quase cinco horas desde que me despedi de Leonel, fechando a porta do táxi após seu comentário estúpido sobre suas fantasias estúpidas. Mas eu ainda sentia como se ele estivesse perto, tão perto que prendi minha respiração quando o imaginei ao meu lado, me contando mais sobre as coisas que ele queria fazer comigo.

Ele não estava brincando quando me fez visualizar todas as suas fantasias em minha mente. Ele queria aquilo, quase tanto quanto eu queria odiá-lo, mas falhava toda vez que dizia a mim mesma que isso era errado e seus olhos me diziam que eu nunca venceria aquele caso.

Ainda assim, havia algo estranho acontecendo comigo.

No fundo, eu sabia que não poderia deixar de odiá-lo. Eu estava me aproximando do momento em que contaria a ele tudo sobre Bella e faria a ele a única pergunta que sempre quis fazer — *como ele podia ter abandonado Bella e Winter?*

Meu celular vibrou sobre a mesa naquele momento e vi uma mensagem do meu chefe brilhando na tela.

"Você tem planos para amanhã à noite?"

"Não vou dormir com você!"

"(: É uma pena... que tal ir à estreia de um filme? Tenho um convite para duas pessoas."

"E daí? Você não tem mais ninguém para convidar?"

"Quero que seja você... além disso, o convite é de um dos nossos clientes. Aceitá-lo pode nos ajudar a entender o motivo para ele querer o divórcio."

"Pensei que você não se importasse com os motivos que fazem as pessoas lhe pagarem muito dinheiro."

":) Vista algo sensual. Adoro quando você me faz queimar..."
QUE. PORRA. É. ESSA?

Eu não iria a lugar algum com ele. Ponto final.

Mas em vez de digitar outra mensagem, encontrei seu número em minha lista de contatos e liguei para ele.

— Eu sabia que falar sobre mim queimando por você a deixaria assim — ele disse em vez de me cumprimentar.

— Você não se cansa de me irritar?

— Algumas coisas nunca deixam de ser divertidas.

— Foi o que pensei. De qualquer forma, não posso ir à estreia com você.

— Por quê?

— Porque não quero. E por que não vai sozinho?

— Odeio eventos como este. — Ele pausou. — E se eu lhe pagar um dinheiro extra para me acompanhar?

— Quanto?

— O dobro do que você ganha por mês.

— Deixe-me pensar...

Ele riu do outro lado da linha.

— Você é difícil de satisfazer, Olivia. Embora eu tenha certeza de que encontraria um modo de satisfazê-la como ninguém nunca fez...

— Cale a boca ou você vai para a maldita estreia sozinho.

Eu realmente queria recusar seu convite. Mas Bella e eu precisávamos de mais dinheiro e Leonel havia prometido pagar bem. E seriam apenas algumas horas.

— Tudo bem. Vou com você.

— Ótimo.

— O dinheiro vem primeiro.

Ele riu novamente.

— Verifique sua conta bancária. Já está lá.

Olhei para meu celular novamente e vi uma mensagem do banco exibindo uma ótima compensação pela estreia que estava para acontecer.

Eu disse:

— Isso significa que eu posso tirar um dia de folga amanhã? Preciso me preparar para a noite.

É claro que ele interpretaria minhas palavras do modo que quisesse.

— Tome seu tempo, amor. Quanto melhor você se preparar para a noite comigo, mais você vai apreciá-la.

Vá se ferrar.

— Vejo você amanhã, Leo.

— Meu Deus, nunca vou me cansar de ouvir você me chamar desta forma. Boa noite, Liv.

Ele encerrou a ligação e eu fiquei imóvel, sem saber se era uma boa ideia me meter onde estava me metendo agora. Parecia um encontro. E namorar Leonel Cohen nunca foi parte do meu plano de vingança. Na verdade, esta seria a pior ideia de todas.

Fui até o sofá e me sentei. O relógio na parede marcava seis da tarde. Bella estava brincando em seu quarto e eu pensei em ligar para o Sr. Gow. Ele era o médico de Winter e, já que ela se recusava a me ver ou falar comigo por tê-la feito ir para a clínica de reabilitação, ele era minha única esperança para ouvir boas notícias.

— Alô? — ele disse ao atender a ligação.

— Dr. Gow, aqui é Olivia Lambert. Como está minha irmã?

— Que bom que você ligou, Srta. Lambert. Winter está melhorando. Falei com ela hoje e ela disse que não se importaria em ver você um dia desses.

— É mesmo?

— Sim. Parece que ela finalmente aceitou o fato de que trazê-la para cá foi o melhor a se fazer.

— Ah, você não imagina como fico feliz em ouvir isso. Tenho me sentido tão culpada por não ter a chance de falar com ela. Eu sei que ela precisa de ajuda profissional. Mas também sei o quanto ela ama a filha e o quanto quer estar com ela agora.

— Acho que é muito cedo para trazer Bella. Winter pode usar sua visita para ir para casa e ela não está pronta para voltar à sua vida normal.

— Mas eu ainda posso vê-la, certo?

— Sim, quando quiser.

— Ótimo. Então... — Eu estava prestes a dizer que iria amanhã, mas me lembrei de meus planos com Leo. — Que tal na próxima terça?

— Perfeito. Vejo você na terça.

— Obrigada. Até mais, Dr. Gow.

— Até, Srta. Lambert.

Suspirei aliviada. Eu realmente queria ver minha irmã e sentia muita saudade dela. Apesar do quão diferente sempre tínhamos sido, eu a amava.

— Titia, posso pegar seu rímel, por favor? — Bella veio se sentar ao meu lado.

— Meu rímel? Para que precisa dele? Você não sabe que é jovem demais para usar cosméticos? — Passei meus braços em volta dela e a puxei para mais perto do meu peito.

— Quero que minha boneca vá a um baile. Ela precisa estar linda para ir.

— Entendi. Bem, eu tenho certeza de que ela é linda o suficiente sem maquiagem.

— Você acha? — Ela olhou demoradamente para a boneca. — Talvez você tenha razão. Vou achar um vestido bonito para ela vestir.

Ela pulou do sofá e desapareceu atrás da porta de seu quarto.

Parecia que a boneca de Bella não era a única que precisava de um vestido bonito para um baile. Andei até meu guarda-roupa e peguei uma caixa com um vestido que eu havia comprado há algum tempo, mas nunca tinha tido a chance de usar.

Era diferente de todos os vestidos que eu já tinha usado, mas Parker me fez comprá-lo e agora eu estava feliz por ter dado ouvidos a ela. Coloquei o vestido em frente ao meu corpo e me virei para o espelho.

Me senti empolgada demais com o evento que estava para acontecer. Eu não deveria estar animada para um encontro com Leonel Cohen, mas independentemente da quantidade de vezes que eu dissesse a mim mesma que não era um encontro, ainda parecia ser.

Fui até minha mesa de cabeceira e peguei a foto dele com minha irmã.

Meu coração se apertou.

Winter parecia tão feliz. Ela merecia amar e ser amada. Mas Leonel obviamente não era o homem que poderia fazer isso acontecer.

Me sentei na cama, segurando o vestido que usaria amanhã. Eu queria fazer aquilo por Winter, não por mim. Não para impressionar o homem que não fazia ideia dos motivos que me haviam feito entrar em seu escritório. Eu queria fazer aquilo por

Bella também. Porque ela não tinha culpa de seus pais não poderem mais estar juntos.

No entanto, quanto mais eu tentava convencer a mim mesma que não havia nenhuma intenção secreta em aceitar o convite de Leonel, mais eu podia ver através das minhas mentiras.

Fechei os olhos e engoli a vontade súbita de chorar. Porque no fundo eu sabia que queria que a noite com Leonel fosse perfeita. Eu também queria estar perfeita.

Porque eu...

— Titia, você recebeu uma mensagem. — Bella entrou no meu quarto com meu celular em suas mãozinhas.

— Obrigada.

Peguei o celular e li outra mensagem de Leonel.

"Aposto que você está escolhendo um vestido para amanhã." Espertinho. *"Certifique-se de que ele não cubra muita pele."*

Revirei meus olhos e desliguei o celular.

— O que foi? — Bella perguntou. — A mensagem deixou você triste?

— Não. Eu só... me lembrei de algo muito importante. Mas tenho boas notícias para você.

— Sério? O que é?

— Vou trabalhar de casa amanhã.

— Eba! — Ela pulou no meu colo e envolveu meu pescoço com os braços. — Isso significa que Rose não vai vir cuidar de mim?

— Bem, ela vai ficar com você à noite, porque eu tenho um evento amanhã e não posso levar você comigo.

Ela fez um biquinho com os lábios rosados, evidentemente

chateada por ouvir aquilo. Apressei-me em animá-la.

— Mas até lá, serei toda sua. Exceto por algumas ligações que vou precisar fazer pela manhã.

— É melhor do que nada.

Eu sorri.

— Não é fácil lhe agradar, danadinha.

— É porque você trabalha demais e eu tenho que ficar com Rose.

— A vovó prometeu vir e ficar com você no fim de semana.

— Sério?

— Aham.

Seus olhos brilharam de alegria.

— Ela vai fazer minha torta de limão favorita?

— Espero que sim.

— Vou ligar para ela agora.

Bella beijou minha bochecha e correu para fazer a ligação.

Ao menos uma de nós dormiria feliz hoje à noite.

Capítulo 7

Leo

Olivia estava me fazendo esperar por ela.

Olhei para o meu relógio de pulso e fiquei ainda mais nervoso. E se ela não aparecesse?

Reajustei meu smoking e recostei-me ao meu carro, olhando para o prédio onde ficava seu apartamento. Será que ela podia me ver pela janela? Ela sabia que poderíamos estar atrasados para o evento? Ou aquilo era parte de seu plano para se vingar por eu ter sido um babaca com ela?

Droga. Com ela, qualquer coisa era possível.

Não era a primeira vez que eu saía com uma linda mulher. Mas de alguma forma, tudo sobre aquela noite parecia diferente. Eu não me lembrava da última vez em que tinha me sentido tão nervoso em um encontro. Não que fosse um encontro, e Olivia certamente diria que não era um encontro. Ainda assim, eu queria que ela se divertisse.

Quando pensei que minhas preocupações não poderiam aumentar, a porta se abriu e ela saiu.

Santo Deus, ela estava deslumbrante.

Por um momento, pensei que eu estivesse alucinando, pois ela era linda demais para ser de verdade. Seus cabelos estavam presos e seus lábios vermelhos imploravam para serem beijados profundamente. Seu vestido preto frente única era feito de seda e lhe caía como uma luva. Era longo e elegante, e suas costas abertas me fizeram querer me aproximar e prendê-la em meus braços, deixando minhas mãos sentirem o calor de sua pele.

— Nem pense nisso — ela disse, descendo as escadas.

Eu ri.

— Pensar em quê?

— Tirar esse vestido.

Comecei a andar em sua direção até tomar sua mão e beijar sua palma.

— Vou deixar você ficar com ele por um tempo. A menos

que você prefira pular a estreia e ir para o meu apartamento.

— Eu já lhe disse que nunca mais voltarei ao seu apartamento, mesmo se você ameaçar me levar à força.

— Você tem medo de ficar trancada em um quarto comigo?

— Não se ache tanto, Leo. Não tenho medo de você.

— Então você deve ter medo de si mesma... do que pode querer fazer comigo quando estiver trancada em um quarto comigo.

Ela revirou os lindos olhos.

— Se continuar agindo dessa forma, vou ficar em casa e você terá que ir sozinho à estreia.

— Ok, prometo me comportar.

Ofereci minha mão a ela, a qual ela aceitou. Andamos até o carro e eu abri a porta do passageiro para ela.

— Você vai dirigir hoje.

— Sim. Não queria que ninguém nos interrompesse. — Pisquei para ela.

Ela sorriu e baixou os olhos como se temesse que eu visse algo em seu olhar que eu não deveria ver. Fechei a porta e contornei o carro para assumir o volante.

— Como está Bella? — perguntei, ligando o motor. — Aposto que ela não ficou muito animada com a ideia de ficar com a babá novamente.

— Ela disse que me perdoaria por deixá-la com Rose se eu a levasse ao zoológico na semana que vem.

— Parece um acordo justo.

— Qualquer acordo é justo se incluir doces e sorvete.

— Não posso discordar.

— Você tem uma queda por doces, eu sei.

— O que mais Molly lhe contou sobre mim?

Ela hesitou em responder.

— Vamos lá, não vou demitir Molly, eu juro.

— Ela disse que seus funcionários odeiam as suas assistentes porque elas têm muitos privilégios.

Tentei esconder meu sorriso, mas falhei, pois Liv percebeu e estava prestes a usar isso contra mim.

— Não sou tão ruim quanto você pensa.

— Certo.

— Não, estou falando sério. E só para você saber, nunca transei no meu escritório apesar do que meus funcionários pensam.

— Então o que suas assistentes anteriores faziam para você? Elas não eram suas funcionárias, mas iam ao escritório todos os dias e, o quê, passavam suas camisas?

— É uma pergunta com duplo sentido.

— Não, não é. Responda.

— Você não vai acreditar em mim mesmo.

— Me surpreenda.

— Eu amo mulheres bonitas. Mas você já sabe disso. Também amo tê-las por perto. Mesmo que eu não durma com elas.

— É por isso que você não quer ir à estreia sozinho? Porque assim como as mulheres precisam de bolsas, você precisa de uma garota bonita do seu lado?

Sorri pelo que pareceu ser a centésima vez nos últimos trinta minutos.

— Eu não disse que não quero dormir com *você*.

— Vou fingir que não ouvi isso.

— Quer saber por que a deixei ficar no escritório?

— Estou morrendo de vontade de saber.

Paramos no semáforo e eu segurei sua mão.

— Você era diferente. Não era o tipo de garota que eu costumava ver no meu escritório. Você foi corajosa e independente. E você sabia o que eu queria. Eu gostei disso. Gosto de pessoas que sabem o que querem da vida. Mas acima de tudo, eu quis que você ficasse porque você me fez ver meu trabalho de uma forma diferente, de um ponto de vista que eu nunca tinha considerado quando venci outros casos.

Ela ficou em silêncio por alguns segundos. Em seguida, a luz vermelha foi substituída pela verde e eu precisei soltar sua mão.

— Fui sincero em cada palavra — eu disse quando, mesmo após cinco minutos, ela não disse nada.

— Eu sei.

Ela olhou pela janela, como se não quisesse que eu visse seu rosto naquele momento. Então eu falei novamente:

— Sabe, sempre vejo algo novo em você. Até mesmo nesta noite. Não posso ler sua mente, mas quero muito saber em que você está pensando agora. Porque parece que há algo impedindo que você seja honesta comigo. E eu quero saber o que é.

Ela se virou para me olhar e disse:

— É porque as pessoas raramente me surpreendem. Mas você me surpreendeu. E agora eu não sei mais o que pensar.

— Pensar demais não é sempre bom.

— Disse o advogado cujo trabalho é pensar em cada palavra

que ele diz.

— É verdade. Mas não estou falando de trabalho. A vida é imprevisível, Liv. Percebi isso no dia em que concordei em lhe dar um período de experiência. Quem diria que eu concordaria em complicar minha vida tanto assim voluntariamente?

Ela sorriu de canto.

— Coragem, Sr. Cohen. O pior nem começou.

***

Olivia

Os holofotes… eles me assustavam.

Me senti completamente nua diante de tantas pessoas desconhecidas.

Como se sentindo meu medo, Leonel veio em meu socorro. Ele colocou um braço ao meu redor e, apesar do quão possessivo o gesto fosse, me senti muito melhor sabendo que eu não estava sozinha.

— Eu já lhe disse como você está deslumbrante esta noite?

Suas palavras me fizeram olhar para ele. Seus lábios se curvaram com aquele sorriso gentil que dizia todas as coisas que, dentre todos os homens do planeta, eu não queria ouvir dele.

Ele também estava lindo. Lindo até demais. Eu precisei me beliscar para acreditar que ele fosse real. Smokings definitivamente combinavam com ele. O que ele vestia agora enfatizava sua masculinidade e o poder que fazia todos ao seu redor curvarem suas cabeças por respeito.

— Obrigada — foi a única coisa que consegui murmurar em resposta.

— Vamos, eles já tiraram fotos suficientes para o resto da minha vida.

Ele me empurrou de leve até a porta à minha esquerda, a qual se abriu para uma sala de cinema superlotada.

— Onde estão nossos lugares? — perguntei.

Leonel pegou seu convite e olhou para a fileira.

— Logo ali, quinta fileira, números dez e onze.

Começamos a caminhar em direção aos assentos quando alguém chamou o nome de Leonel repentinamente. Nós paramos e eu vi uma linda jovem andar até nós. Ela tinha cerca de trinta anos, usava um vestido vermelho longo tomara-que-caia, e seus cabelos platinados eram curtos, terminando um pouco abaixo das orelhas.

— Não sabia que você também estaria aqui — ela disse ao meu chefe, beijando suas bochechas.

Eu estava imaginando coisas ou ele realmente se sentiu desconfortável na presença dela?

— Layla — ele disse brevemente. — É bom ver você novamente. — Em seguida, ele me puxou para mais perto de si e disse: — Esta é Olivia Lambert.

A loira desviou a atenção de Leonel para mim. Seus olhos verdes não expressavam mais nada além de pura curiosidade.

— Layla Bester — ela se apresentou.

— Prazer em conhecê-la — eu disse.

— Você deve ser a... — Ela deixou o fim de sua frase pender no ar intencionalmente.

— Olivia é minha amiga — ele disse. Quase pude sentir o quanto ele queria que aquela conversa terminasse.

— E eu pensando que ela fosse sua nova assistente.

Ai.

Esta era a primeira vez que eu entendia como era me sentir como uma substituta da boneca anterior de Leonel.

— Com licença, Layla — eu disse. — Mas precisamos encontrar nossos lugares antes que o filme comece.

— É claro. — Ela lançou um último olhar a Leo e nós nos afastamos.

Eu pude sentir o olhar dela em minhas costas enquanto andávamos. Me perguntei se haveria mais surpresas como ela naquela noite. Eu não queria me tornar o assunto principal das conversas alheias.

— Não é o que você está pensando — Leo disse assim que finalmente nos sentamos.

— Do que você está falando?

Eu não queria falar sobre Layla ou qualquer garota com a qual ele costumava transar.

— Tivemos um caso rápido. É um fato. Mas ela ficou no passado.

— Por que está me dizendo isso? Você não me deve explicações. Não sou sua namorada.

— E se eu quiser mudar isso?

Eu ri.

— Você não pode estar falando sério.

— Olhe para mim, Liv. Você vê um sorriso nos meus lábios?

Meus olhos pararam em seus lábios e, droga, aquela era a parte errada de seu rosto na qual me focar. Toda vez que eles se curvavam em um sorriso, eu sentia que era mais difícil respirar. Assim como agora, que eu estava demasiadamente perto de deixar minha imaginação me levar até um beijo que nunca deveria acontecer, apesar do quão doce a promessa silenciosa de seus lábios parecesse.

— Não acredito em você — eu disse, me virando para longe dele.

— O que posso fazer para fazer você acreditar em mim?

— Duvido que haja uma chave para esta porta, Leo. Você não foi feito para relacionamentos. E não estou aqui para deixar você partir meu coração.

— Estou longe de ser um destruidor de corações, Liv. Vou encontrar um modo de fazer você acreditar em mim de qualquer forma.

Não nesta vida, considerando-se o fato de que eu conheço pelo menos um coração que você quebrou com facilidade.

De alguma forma, o encontro com Layla e a conversa que se seguiu me entristeceu. Eu não podia explicar — apenas não queria mais estar naquele lugar, mas sim em casa, com Bella e meus pensamentos conturbados sobre seu pai.

Leonel ficou em silêncio, como se estivesse perdido em seus próprios pensamentos. Assim que as luzes desapareceram, uma tela gigante se iluminou à nossa frente com o título do filme, *Nossos Defeitos*.

— Qual é o gênero do filme? — perguntei em um sussurro.

— Não sei. Me esqueci de ler o livreto.

— Isso não é do seu feitio. Pensei que você odiasse não estar preparado.

— Eu realmente não me importo com o filme contanto que eu saiba que você esteja aqui para assistir comigo.

Um homem sentado ao lado de Leo pigarreou, provavelmente nos dizendo sutilmente que precisávamos nos calar para deixá-lo assistir ao filme.

— Perdão — eu disse. Depois me virei para a tela novamente, esperando que Leo me poupasse de seus comentários.

Mas no momento em que o casal da história chegou ao quarto, algo inesperado aconteceu. Bem, foi inesperado para mim, mas não para quem tinha lido o livreto antes de comparecer à estreia.

Me coma agora, a garota disse ao namorado.

Cada músculo do meu corpo se tensionou, evidentemente sabendo que o que estava prestes a acontecer faria eu me arrepender de ter vindo com Leo.

Me fale mais sobre o que você quer que eu faça, baby.

Ah, merda...

Quero você dentro de mim, fundo e com força.

Ela envolveu os braços ao redor do pescoço dele e ele a levantou, levando-a até a cama. Quando eles caíram sobre a cama, quis desesperadamente pedir que alguém pausasse o filme e me deixasse sair do cinema. Olhei à minha volta cuidadosamente, mas todos, exceto eu, pareciam interessados no que iria acontecer em seguida. Inclusive Leo.

Ele tinha a expressão mais irritante do mundo na face. Uma

que dizia: '*Vamos ver até onde isso vai, Liv. Aprecie a vista.*'

O som de roupas sendo rasgadas voltaram minha atenção à tela. A garota estava quase nua agora, exceto pela única parte da lingerie que cobria sua vagina. Seu companheiro tocou o limite de seu fio-dental e o puxou para baixo.

Eu engoli em seco, desejando olhar para qualquer coisa que não fosse o que estava acontecendo na tela.

Me coma, ela sussurrou, trazendo os lábios dele de volta para os dela.

Com prazer, ele disse, beijando-a profundamente; ela gemeu em resposta.

Deus, será que aquilo poderia se tornar mais constrangedor?

Eu não queria que Leo percebesse o quanto eu queria ir embora, então fingi me interessar no filme.

Caramba, o cara obviamente sabia o que estava fazendo. Seus lábios e mãos tocavam as partes mais sensíveis da garota, incluindo aquele onde eu não havia sido tocada há muito tempo.

Um desejo predatório de ser ela me atingiu.

O ar na sala se tornou repentinamente mais quente, assim como o sangue que corria mais rapidamente pelas minhas veias. Eu podia sentir meu coração batendo velozmente em meu peito.

Quando percebi, Leo pegou minha mão e a colocou sobre sua perna. Muito perto de onde eu podia claramente ver seu pênis aumentando de tamanho.

Ah. Porra. Não.

Tentei libertar minha mão, ou talvez pensei que estivesse fazendo isso. Porque minutos se passaram e minha mão ainda estava onde Leo a havia posicionado, cobrindo-a com sua mão. Eu jurava que podia sentir suas veias pulsando sob meu toque. Assim como os movimentos quase imperceptíveis da sua virilidade, os quais eram difíceis de ignorar.

— Respire, Liv — ele sussurrou em meu ouvido.

— Vou matar você, Sr. Cohen.

Ele riu e apertou minha mão de leve, fazendo meu desejo de matá-lo naquele momento atingir seu limite, o que significava que quando o filme acabou, contei os segundos até podermos sair e nos afastarmos de testemunhas que pudessem me ver o matando com minhas próprias mãos.

Passamos pelas fileiras de pessoas que ficaram para discutir o filme. Por sinal, o quarto tinha sido o primeiro lugar onde o casal transou. Em seguida foi o chuveiro, a mesa da cozinha, o chão, e muitos outros lugares que nunca pareciam mudar.

Quando saímos, um homem que eu não conhecia se aproximou.

— Leonel, fico feliz por ter aceitado meu convite. Espero que tenha gostado do filme.

— Com certeza — o babaca disse, ainda segurando minha mão. Ele não a soltou nem quando o filme acabou, nem quando nos levantamos para sair do cinema. Eu me sentia presa. O que fez meu ódio por ele se tornar do tamanho do universo.

— E sua acompanhante? — o homem perguntou.

— Foi muito... interessante — eu disse com um sorriso forçado. Era difícil encontrar uma palavra apropriada para descrever o que eu pensava sobre o filme. — Sua esposa gostou?

Eu me lembrava de Leo ter mencionado que o homem era seu cliente, o que significava que seu casamento estava prestes a acabar.

— Ela disse que queria o divórcio logo depois de ver o filme pela primeira vez.

— Acho que a vi aqui hoje — Leonel disse.

— Ah, sim. Ela estava aqui. Apenas para me lembrar do divórcio. — O homem sorriu. — De qualquer forma, foi ótimo ver vocês. Aproveitem a noite.

Palavras perfeitas para encerrar aquele espetáculo ridículo.

— Vejo você na segunda — Leo disse.

— Gostaria de poder dizer que mudei de ideia sobre nossa reunião, mas minha esposa sempre foi teimosa. — Ele deu alguns tapinhas no ombro de Leo e voltou para o cinema.

Tirei minha mão da de Leonel.

— Você sabia que o filme seria sobre sexo!

— Eu não sabia, Liv. Juro.

Ele deu um passo para trás, como se temesse que eu lhe desse um tapa no rosto ou algo do tipo.

— Mentiroso. Você fez isso de propósito.

— De propósito? É sério? Na sua opinião, o que eu queria provar com este filme? O fato de que você e eu nos queremos? Ou talvez o fato de que você não transa há muito tempo?

— Como ousa?

— Me diga que estou errado. Mas não vou acreditar em uma palavra.

— Como sabe que eu não transo há muito tempo?

Ele sorriu maliciosamente e se aproximou de mim novamente. Ele estava muito perto. Tão perto que eu podia sentir sua respiração fazendo cócegas em meu rosto.

— Eu poderia beijá-la e mostrar tudo que você está perdendo por me afastar. Mas duvido que eu seja capaz de parar depois de um beijo. E esta rua é o último lugar do mundo onde eu gostaria de vê-la nua.

Cerrei meus punhos com fúria.

— Você...

Todas as palavras desapareceram da minha mente quando ele se aproximou dos meus lábios e quase os tocou com os seus.

— Você queria dizer alguma coisa?

Seus olhos buscaram os meus. Meu coração acelerou. Lentamente, ele pousou suas mãos nas minhas costas e elas escorregaram pela minha pele, deixando marcas de queimadura onde me tocavam.

Porra, eu deveria ter escolhido um vestido diferente.

Eu podia ver o desafio no olhar de Leonel. Ele estava me testando novamente. Mas ele não sabia que eu também estava ali para testá-lo. Dois poderiam fazer aquele jogo e eu não iria ser a perdedora.

Coloquei minhas mãos em seu peito e as deixei viajarem até sua nuca. Meus lábios roçaram os seus. Nossos corpos estavam grudados, eu pude sentir o movimento sob sua calça.

— Se eu decidir deixar um homem entrar em mim, você será minha última escolha, Sr. Cohen.

Capítulo 8

Leo

Porra, eu a queria. Tanto que eu estava prestes a me humilhar gozando com a proximidade dos nossos corpos. Seus lábios pareciam morangos nos quais eu queria enterrar meus dentes e beber cada gota doce do suco que eles possuíam.

Eu a queria por inteiro. Agora. No banco traseiro do meu carro, e depois na minha cama, a noite inteira, até que não houvesse mais nada que ela pudesse dizer para me fazer acreditar que o que fizemos era errado.

Porém, de repente suas palavras se tornaram um balde de água fria.

Se eu decidir deixar um homem entrar em mim, você será minha última escolha, Sr. Cohen.

— Por quê, Srta. Lambert? — perguntei, ainda a segurando entre meus braços.

— Porque... — Ela traçou uma linha sob meu lábio inferior com seu dedo e me olhou. — Você sempre consegue o que quer. Mas não desta vez. Além do mais, dormir com outra assistente seria um clichê. Você não acha?

— Clichê ou não, você será minha. Em todos os sentidos da palavra.

Ela sorriu e me empurrou de leve.

— Às vezes você ganha o que merece, Leo.

Foi a última coisa que ela me disse naquela noite. Eu não

sabia como interpretar suas palavras. Eu realmente acreditei que estivéssemos em sintonia, especialmente quando vi o vestido que ela havia escolhido para a estreia. Era uma provocação, assim como um convite para agir.

Mas não consegui mais nada além de um '*Vejo você amanhã*' baixinho ao fim da noite que tinha prometido terminar de uma forma completamente diferente.

Nossa viagem de volta ao apartamento dela foi silenciosa. Eu sabia que ela estava pensando em algo, provavelmente considerando a ideia de se demitir do trabalho que ela havia acabado de conseguir e nunca mais me ver.

Não ousei interromper seus pensamentos, temendo que minha suposição se tornasse real.

Eu não queria que ela fosse embora.

Eu queria que ela ficasse. Ainda que fosse apenas para trabalhar.

Não conseguia me imaginar começando um novo dia sem ela. Eu havia me acostumado ao seu comportamento irritadiço e suas tentativas constantes de me afetar. Ou talvez eu simplesmente estivesse obcecado com ela. Eu sempre queria mais do que quer que ela fizesse ou dissesse. Loucura? Talvez. Mas o fato era que eu ainda a queria por perto.

Depois de deixá-la em seu apartamento, voltei para casa.

Pela primeira vez em muitos anos, senti que havia algo faltando em minha vida.

Eu tinha tudo que poderia desejar. No entanto, nunca tinha

pensado precisar tanto de alguém em minha vida a ponto de não poder parar de pensar nela.

Mulheres sempre iam e vinham. Elas nunca ficavam, nem mesmo por uma noite, muito menos por tempo suficiente para me fazer querer casar com uma delas. E por menos que eu quisesse me comprometer com as obrigações do casamento, eu não deveria me surpreender com o quão solitário me sentia agora.

A solidão nunca me assustou. Até hoje...

Tirei meu smoking e coloquei uma calça jeans e uma camisa preta.

O que ela está fazendo agora?, foi o pensamento que cruzou minha mente. *Será que ela ainda está brava comigo?*

Minhas mãos doíam com a necessidade de pegar meu celular e ligar para Olivia ou ao menos enviar uma mensagem a ela para ter certeza de que eu a veria no dia seguinte.

Olhei para o relógio na parede, que marcava meia-noite. Ela provavelmente estava dormindo agora. Ou talvez não estivesse, mas eu não queria ser insistente ligando para ela. Talvez ela precisasse de um tempo para si, longe de mim. Assim como eu precisava descobrir o que estava acontecendo comigo e por que era tão importante saber que ela não me odiava.

Eu realmente queria que ela gostasse de mim; se não gostasse o suficiente para dormir comigo, que fosse pelo menos para continuar trabalhando comigo. Porque de alguma forma, eu sabia que sentiria sua falta se ela decidisse ir embora...

***

Olivia

Bella estava com febre.

Eu sabia disso mesmo sem um termômetro; sua pele parecia pegar fogo sob meu toque. Era o meio da noite, mas eu ainda estava acordada quando a ouvi falar enquanto dormia. Eu sabia que não era um bom sinal. Ela nunca falava dormindo, a menos que estivesse com febre ou tendo pesadelos. Infelizmente, hoje era a primeira opção.

— Querida, acorde, por favor — eu disse baixinho para não assustá-la.

— O que foi? — ela perguntou, olhos ainda fechados.

— Como você está se sentindo?

Ela abriu os olhos e me olhou, piscando algumas vezes.

— Acho que estou com um pouco de frio. Você esqueceu de fechar a janela?

— Não, querida, mas acho que precisamos ligar para o médico.

— Ok.

Ela nem mesmo tentou discutir, pobrezinha.

— Espere aqui, está bem?

Ela assentiu.

Eu corri até a sala de estar, procurando meu celular, e vi uma mensagem não lida de Leonel. Ele era a última pessoa no mundo da qual eu precisava agora. Ignorei a mensagem.

Com os dedos trêmulos, encontrei o número do médico de

Bella e liguei para ele.

— Você precisa trazê-la até o hospital — disse o Dr. Ramey após me ouvir. — Quanto antes, melhor.

Ele disse que enviaria uma ambulância para nós, então voltei para o quarto de Bella e arrumei suas coisas para o caso de precisarmos ficar no hospital a noite inteira ou por mais tempo.

— Não se preocupe, titia, eu vou ficar bem — ela disse, me observando.

Eu sorri com sua coragem.

— Eu sei. — Fui até a cama e beijei sua testa. — Agora você precisa se levantar e se vestir. O Dr. Ramey está nos esperando.

Bella gostava dele, e independentemente do problema de saúde que ela tivesse, ele sempre dizia que não era nada e que ele a curaria rapidamente. Era por isso que ela não tinha medo dele. Diferente de mim, uma pessoa que odiava hospitais e sempre se sentia enjoada com a mera visão de sangue e feridas abertas.

Cerca de uma hora depois, eu estava andando de um lado para o outro no corredor do hospital, esperando que o Dr. Ramey terminasse de examinar Bella. Ele disse que era provável que fosse um vírus e que não havia nada com que se preocupar, mas eu ainda estava nervosa.

Para me distrair, peguei meu celular e comecei a visualizar o feed do meu Instagram. Naquele momento, me lembrei da mensagem de Leonel.

"Mal posso esperar pela minha xícara de café matinal preparada por você. Eu gostaria mesmo é que você trouxesse a

xícara até meu quarto, mas o meu escritório serve. P.S. Não fique brava, Liv. Eu realmente sinto muito se fui longe demais na noite passada."

Argh, por que ele tinha que ser tão bom e impossível ao mesmo tempo? Eu nunca sabia o que esperar dele — mais um comentário ousado ou um pedido de desculpas. Obviamente, a mãe natureza estava bêbada quando decidiu lhe dar a vida. Aquele homem era uma contradição ambulante, e tudo que ele dizia em um segundo poderia ser facilmente ofuscado pelo que ele dizia no seguinte.

Ainda assim, havia algo nele que me atraía. Não era apenas o fato de que ele me atraía fisicamente. Havia mais do que isso.

"*Temo não poder preparar seu café da manhã,*" eu enviei.

Eram quase cinco da manhã e eu não esperava que ele lesse a mensagem por algumas horas. Mas ele não apenas leu, como também decidiu me ligar.

— Pensei que você estivesse apreciando seu décimo sonho obsceno — eu disse ao atender a ligação.

Ele ignorou o que deveria ter soado como uma piada.

— Não me diga que você quer se demitir.

— Seria a maneira mais fácil de se livrar de mim, Sr. Cohen. Mas não, não vou me demitir. Preciso de um dia de folga, talvez *alguns* dias. Bella não está se sentindo bem.

— O que aconteceu?

— O médico disse que é só uma gripe. Ela estava com febre e eu tive que trazê-la ao hospital.

— Você ainda está no hospital?

— Sim.

— Que hospital? Estarei aí o quanto antes.

— Não, não, não! Não precisa. Tenho certeza de que ele vai nos liberar assim que terminar de examiná-la.

— Você vai precisar de um carro para voltar para casa. Você foi ao hospital de ambulância, não foi?

— Sim.

— Você não quer ir para casa de táxi quando sua sobrinha não está se sentindo bem. Me mande um endereço, Liv.

Argh! Eu deveria ter pensado duas vezes antes de enviar uma mensagem a ele. Eu não queria que ele visse Bella. *E se ele notasse a semelhança entre eles? E se ele nos levasse para casa e visse as fotos de Winter lá?*

Eu pensei freneticamente sobre os porta-retratos que tinha em casa. Onde eles estavam? Eu teria chance de escondê-los antes que ele os visse?

Droga, a noite tinha se tornado um milhão de vezes pior.

Olhei para a porta da sala de exames, esperando impacientemente por notícias do Dr. Ramey. Ele apareceu cerca de dez minutos depois.

— Estamos esperando os resultados do exame de sangue dela — ele disse. — Se estiver tudo bem, vou deixar você levar Bella para casa.

— Ótimo.

Ele sorriu e deu tapinhas leves em minhas costas.

— Respire, Olivia. As crianças ficam doentes às vezes. Tenho certeza de que não há nada com que se preocupar. Bella vai ficar bem.

Eu assenti e o agradeci.

— Temos uma cafeteira lá. — Ele apontou para o lado oposto do corredor comprido. — Vou chamar você assim que tiver os resultados.

Ele saiu e eu me sentei em uma cadeira, recostando minha cabeça à parede atrás de mim.

Eu sempre me preocupava quando Bella não estava se sentindo bem. Eu não era sua mãe, mas às vezes sentia como se eu me preocupasse mais com ela do que Winter. Queria que Winter estivesse conosco agora. Me sentia responsável por tudo que estava acontecendo na vida de Bella e tinha muito medo de não ser uma boa tia para ela. Especialmente agora que eu era a única pessoa com a qual ela podia contar.

— Que tal uma xícara de café?

Ergui meus olhos e vi Leonel se aproximando. Não percebi que havia passado quase meia hora desde que conversei com o médico. Leo estava segurando duas xícaras em suas mãos e me entregou uma delas.

— Exatamente o que preciso. Obrigada — eu disse.

— Como ela está?

Ele tomou o assento ao meu lado.

— Ainda estou esperando as informações do médico.

Ele colocou um braço ao redor dos meus ombros e sorriu gentilmente.

— Ela vai ficar bem.

Olhei para ele e vi os sinais de cansaço em seu rosto.

— Me desculpe se eu o acordei com minha mensagem.

— Você não me acordou. Eu estava assistindo um filme quando recebi a mensagem.

— Um filme? De madrugada?

Ele deu de ombros.

— Não consegui dormir. — Com os braços ainda ao meu redor, ele bebericou seu café. — Aposto que você não pregou os olhos também.

— Que filme você estava assistindo?

— Não me lembro do título. Não vi nada do que estava acontecendo na tela. Eu só precisava de algo para me distrair dos meus pensamentos, então liguei a TV. Mas não prestei atenção no filme.

— De quais pensamentos você precisava de distrair?

Seus olhos encontraram os meus.

— De você. Não consegui parar de pensar em você.

— Em mim, ou eu levando café para o seu quarto de manhã?

Ele riu.

— As duas coisas.

— Entendi.

Tentei esconder meu sorriso atrás da xícara de café. Eu podia sentir o calor que provinha de onde sua mão tocava meu ombro. Não tentei afastá-lo ou dizer a ele que eu não cairia, já que estava sentada em uma cadeira e não precisava que ele me segurasse. Apenas deixei que sua proximidade me consolasse.

Tomei outro gole de café e suspirei.

— Você vai ficar bem se eu tirar alguns dias de folga? Quem

vai derramar bebidas em você quando eu estiver fora?

— Acho que preciso aprender a lidar com a cafeteira de Molly. Não quero procurar alguém para tomar o seu lugar.

Não havia nada de especial em suas palavras, mas de alguma forma, elas tinham melhorado minha noite.

— Posso trabalhar de casa como fiz ontem. Pelo menos você não vai se atrapalhar com sua agenda.

— Tudo bem.

Naquele momento, Dr. Ramey apareceu segurando um papel em sua mão. Presumi que fosse o resultado do exame de sangue de Bella.

— Como pensei — ele disse, se aproximando de nós —, é apenas uma gripe. Mas você precisa mantê-la em casa por algum tempo e garantir que ela beba bastante chá. Vou lhe dar uma receita para os remédios que você precisa dar a ela todos os dias até ela se sentir melhor. Vou passar em sua casa na segunda para ver como ela está.

— Obrigada, doutor.

Esperamos até que ele escrevesse a receita, e em seguida a enfermeira nos levou até Bella.

Ela estava sentada em uma maca brincando com seu urso de pelúcia favorito. Quando viu Leonel, ela franziu a testa.

— Quem é você?

Meu coração tripudiou e eu pensei ter parado de respirar por um momento, esperando a reação dele ao conhecer sua filha.

— Sou o chefe de Liv. Tenho certeza de que já ouviu falar de mim. — Ele sorriu para Bella e se sentou ao lado dela. — Parece que alguém precisa de um banho — ele disse, apontando para o brinquedo dela.

Ela riu.

— Eu queria dar geleia de cereja para ele, mas ele não estava com fome.

— Entendi. Você está pronta para ir para casa?

— Sim. Estou cansada e com sono.

— Tudo bem, então. Venha aqui. Vou levá-la até meu carro.

Ele a levantou e a carregou para fora da sala. Eu peguei a bolsa de Bella e os segui. Cada centímetro do meu corpo tremulava a cada passo que eu dava. Não era exatamente como eu tinha imaginado que o primeiro encontro deles aconteceria. Para falar a verdade, eu nunca consegui imaginar nada. Ainda que tivessem momentos em que eu pensei que diria a verdade sobre Bella a Leonel, nunca consegui imaginá-los vendo um ao outro depois de tanto tempo separados.

— Você vai para casa com a gente? — Bella perguntou a Leonel quando paramos ao lado do carro dele.

— Precisam de alguém para levá-las para casa, certo?

Ela assentiu.

— Então eu vou ser seu motorista esta noite.

— Não sabia que você também trabalhava como motorista. Olivia disse que você era... — Ela pensou por um momento e se virou para me olhar. — Do que você chamou ele?

— Hã... um advogado.

Ou talvez ela estivesse se referindo a um nome muito pior pelo qual eu tinha chamado meu chefe em sua presença.

— É, ela disse que você trabalhava como advogado e que o seu escritório era o lugar mais chato do mundo.

Leonel riu.

— Agora que a sua tia está trabalhando comigo, não é mais tão chato.

— É porque ela é a melhor — disse Bella, recostando-se ao ombro de Leonel.

— Não posso discordar.

Seus olhos encontraram os meus. Foi um momento tão estranho. Parecíamos uma família. Me peguei pensando sobre como seria se Bella, Winter e Leonel fossem uma família de verdade.

Meu coração afundou.

Eu sabia que não tinha direito de sentir ciúmes. Mas eu senti. E isso me assustou.

Bella e eu nos sentamos no banco traseiro do carro de Leo. Eu deixei que ela sentasse em meu colo, pois ela estava muito sonolenta. A envolvi com meus braços e beijei sua testa.

— Parece que a minha viagem para casa da vovó vai ter que esperar — ela disse, bocejando.

— Mas ela vai nos visitar e ficar conosco. Eu sabia que você ficaria chateada em adiar a viagem, então a convidei para o fim de semana.

— Legal. Obrigada, Liv. Eu amo você.

— Também amo você, minha princesa.

Ela fechou os olhos e apertou o urso de pelúcia contra o peito. Em um sussurro, ela disse:

— Gostei do seu chefe. Ele é legal.

— Você acha?

Olhei para Leonel.

— Vocês estão bem aí, meninas? — ele perguntou.

— Sim.

Ele ligou o motor e se afastou do hospital.

Não conversamos durante a viagem. Bella adormeceu e Leonel a carregou do seu carro até o apartamento. Quando chegamos no quarto dela, ele a deitou sobre a cama, tirou seus sapatos e casaco. Foi um gesto tão adorável; pequeno, mas muito atencioso. Enquanto isso, removi uma foto minha com Winter e Bella que estava em sua mesa de cabeceira.

— Deixe ela dormir de macacão — ele sussurrou para mim. — É mais importante para ela dormir bem do que trocar de roupa.

— Ok.

Dei um beijo de boa noite em Bella e gesticulei para que Leonel me seguisse para fora do quarto. Nós fomos até a cozinha e eu percebi que era hora do café da manhã, pois o relógio na parede marcava seis e meia da manhã e era o horário em que eu costumava tomar café.

— É melhor eu ir — ele disse, recostando-se à moldura da porta.

— Sinto que preciso lhe agradecer. Que tal um café da manhã?

— Um beijo estaria de bom tamanho.

Ele sorriu e eu soube que ele não estava falando sério agora. Ainda assim, me aproximei dele e beijei sua bochecha.

— Isso serve?

Ele fez uma careta como se estivesse decepcionado e eu ri.

— Se me ajudou com Bella esperando que eu fosse agradecer você com um beijo de verdade, não deveria ter me ajudado.

— Ajudei porque eu quis, Liv. Não sou o canalha insensível que você acha que eu sou.

— Aham.

— Posso fazer uma pergunta?

— Claro.

— O que você achou do filme que assistimos ontem à noite? Além do fato de que tinha muito sexo.

— Bem, para falar a verdade, eu acho que o Sr. York queria dizer algo à sua futura ex-mulher com aquele filme.

— Dizer o quê?

— Você notou a semelhança entre ela e a personagem principal?

— Sim. Foi a primeira coisa que passou pela minha cabeça quando a vi na tela.

— Você viu quantas vezes o Sr. York e a esposa trocaram olhares enquanto assistiam o filme?

— Hã... não. Acho que eu estava muito interessado no... enredo.

— Certo. — Sorri de canto. — Tudo que eu estou dizendo é que ele não quer o divórcio. Acho que havia algo naquele filme que apenas os dois entenderam. Era muito pessoal. E eu acho que ele ainda a ama.

— Então o que você sugere que eu diga a ele na segunda-feira? Que eu me recuso a ajudá-lo a destruir seu casamento?

— Sugiro que você ligue para a esposa dele primeiro. Algo me diz que ela também o ama. Talvez se você conversar com ela, a reunião com o marido dela na segunda vai ser cancelada.

Capítulo 9

Leo

Eu tinha o *melhor* melhor amigo do mundo.

Mas às vezes eu me perguntava se eu estava bêbado ou drogado quando pensei que poderíamos ser amigos.

— Vamos lá, Leo, é só um drink. Você sabe que precisa disso — Max disse quando me ligou há algumas horas.

— Você não sabe o que significa 'um drink' — rebati. — Não são dez doses, é apenas uma.

— Vou mandar o endereço do bar por mensagem. Venha para cá. Agora!

Era sexta à noite e considerando-se o fato de que eu não tinha dormido na noite passada, me sentia terrível.

Após Olivia preparar o café da manhã para nós dois, comemos e eu fui diretamente para o escritório, pois tinha algumas coisas importantes a fazer no trabalho. Ela não estava lá para me ajudar com tudo, então tive que fazer todo o trabalho sozinho. Naturalmente, quando percebi que era hora de voltar para casa, minha dor de cabeça estava a ponto de me matar.

E então, quando eu estava finalmente em casa, Max me

ligou. Eu estava quase indo para a cama quando ele disse que precisava me contar algo muito importante e que precisava fazer isso agora e pessoalmente.

Ótimo.

— Você não podia ter encontrado um dia melhor para compartilhar sua notícia comigo?

— Acredite, minha notícia não pode esperar.

— Tudo bem. Estou a caminho.

— Até mais!

Max era uma daquelas pessoas que sabiam como melhorar qualquer situação horrível. Ele também era advogado, mas havia se especializado em Direito Penal e era um dos advogados mais engraçados que eu já tinha conhecido em minha vida. Os juízes sempre o criticavam por não levar seus casos a sério. Mas ao contrário deles, eu sabia da atenção que ele dava aos seus casos. Até mesmo quando ele dançou na mesa do juiz durante uma audiência.

Olhei para o meu celular. Não havia nenhuma chamada perdida ou mensagem não lida. Não que eu estivesse esperando alguma coisa, mas...

Não, esqueça. Eu ansiava por notícias de Liv. Pela primeira vez na vida, me sentia como um filhotinho, ganindo para que seu dono acariciasse seus pelos. Muito viril, eu sei.

Eu não era um filhote, é claro, mas não me importaria se Liv estivesse comigo agora. Tocá-la também seria bom.

***

O bar que Max havia escolhido não era tão ruim. Ele geralmente escolhia lugares superlotados e eu não gostava disso.

— O que de tão importante você queria me contar que teve que me fazer vir até aqui esta noite?

— Olhe ao seu redor, cara. Não gosta daqui?

— Não sei. Eu quero ir para casa e dormir.

— Seu filho da mãe entediante, olhe aquela garota ali. — Ele apontou para a mesa do lado oposto da nossa. — Os olhos dela estão implorando para você ir lamber sal da pele dela e engolir tudo com tequila. Tenho certeza de que ela pode lhe oferecer algo muito mais quente do que apenas um drink.

— Não estou interessado.

Seus olhos se arregalaram.

— Estou com problema de audição? Leonel Cohen *não está interessado*?

— Você me ouviu. Estou cansado e só estou aqui para ouvir o que você queria me contar.

— Tudo bem. — Ele pausou por um momento. — Vou me casar.

— Você o quê?

— Você me ouviu, vou me casar com minha noiva.

— Você está brincando. Eu nem sabia que você tinha uma noiva.

— Não, não estou brincando.

Ele pegou o celular e me mostrou uma foto da mão de uma

garota com um anel de diamantes.

— Eu conheço ela?

— Não. Mas ela é incrível.

— Como sabe disso? Da última vez que soube, você não estava namorando. Ou ela é um dos seus casos de uma noite?

— Sara é uma promotora. Nós trabalhávamos juntos.

— Você nunca me contou sobre ela.

— Foi mal, não queria colocar mau-olhado sobre nós.

Eu sorri.

— Mau-olhado? É sério?

— Estou brincando. — Ele riu. — Eu não sei. Acho que eu não queria contar nada a você porque eu sabia que você tentaria me convencer a não me casar.

— Por que pensaria isso?

— Você se lembra em que consiste seu emprego?

— É difícil esquecer. Mas isso não significa que eu vou tentar convencer você a não se casar com Sara. Se você a ama...

— Espere aí, irmão. — Ele acenou com a mão para que a garçonete se aproximasse e enchesse nossos copos novamente. Quando ela se afastou, ele disse: — Não posso acreditar que essa palavra exista no seu vocabulário.

— Que palavra?

— Amor. Você sequer sabe o que isso significa?

— Eu poderia fazer a mesma pergunta a você.

Ele me lançou um olhar demorado, como se estivesse tentando descobrir algo sobre mim.

— Não acredito.

— O quê?

— Quem é ela? E não me diga que você não faz ideia do que eu estou falando.

— Não faço ideia do que você está falando.

Sua expressão me dizia que ele não acreditava.

— Ela deve ser incrível se você está com raiva de admitir que tem uma queda por ela.

— Você está imaginando coisas, Max. Não tenho uma queda por ninguém. Só estou exausto. Sinto como se eu fosse desmaiar a qualquer momento.

— Certo. — Ele bebeu seu uísque e continuou: — Eu ia perguntar se você quer ser meu padrinho.

— Você sabe a resposta.

— Ótimo, então vejo você no meu casamento no mês que vem.

— Mês que vem? Sinto como se tivesse perdido boa parte da sua vida. Para que a pressa? Ela está grávida?

— Não que eu saiba. Mas a data do casamento foi minha ideia. Nos conhecemos nesse dia há um ano.

— Um ano? Então você a escondeu o ano inteiro?

Ele fez uma expressão de culpado.

— Não queríamos contar a ninguém até que tivéssemos certeza de que era algo que valia a pena contar.

— Ok. Estarei lá quando você ler seus votos. Mais alguma coisa?

— Sim. Dê o seu melhor sorriso e traga sua companheira com você.

— Não posso prometer nada.

— Parece que ela é incrível. Mal posso esperar para conhecê-la, Leo.

***

Olivia

— Mãe, onde está seu celular?

— Está bem aqui. — Ela apontou para o objeto em sua mão.

— Ok. Fique sempre com ele, eu repito, *sempre* atenda quando eu ligar.

— Pare de ser paranoica, Olivia. Bella e eu vamos ficar bem. Ela já não está com febre e o resto não é nada demais. Confie em mim, eu sei como cuidar dela.

Eu assenti.

— Perdão, acho que estou sendo um pouco dramática.

— Vou mandar uma mensagem a cada hora, prometo.

— Vá, Liv. Vamos ficar bem — Bella disse quando me deu um beijo de despedida. — Diga 'oi' para o Leonel.

Minha mãe me olhou com surpresa.

— Leonel?

— Meu chefe. Ele me ajudou com Bella quando ela estava no hospital.

Os olhos dela pulavam de Bella para mim.

— Você não me contou nada sobre ele.

— Ele é legal, vovó. E ele gosta da nossa Liv.

Bella tinha que fazer o pior comentário possível.

— Oh.

Os olhos de minha mãe brilharam com curiosidade. Eu apostava que havia várias perguntas cruzando sua mente.

— Não faça isso — eu a adverti. Eu sabia o quanto ela se preocupava com a minha vida pessoal inexistente. Mas Leonel não tinha qualquer relação com o conserto desta. — Preciso ir. Vejo vocês à noite.

Me apressei para sair do apartamento antes que minha mãe me bombardeasse com todas as suas perguntas sobre Leonel. Eu não o via há três dias, mas parecia uma eternidade. E sim, eu sentia falta dele. Muito mais do que o apropriado.

No dia em que meus pais descobriram sobre Bella e o fato de que seu pai não queria viver com ela e Winter, eles ficaram devastados. Sem contar o dia em que disse a eles que minha irmã precisava de ajuda profissional e que Bella moraria comigo.

Talvez fosse por isso que minha mãe quisesse tanto ver ao menos uma de suas filhas feliz. Embora esperar que fosse eu era inútil. Como meu azar em construir relacionamentos, as chances eram grandes de que eu nunca encontrasse um homem para me fazer feliz.

***

Voltar ao trabalho foi bom. Não porque eu mal podia esperar para digitar e imprimir vários papéis para Leonel, mas porque, bem, o motivo era meu inimigo e eu nunca poderia me esquecer disso. Ainda assim, mal podia esperar para vê-lo novamente.

Eu podia ouvir as vozes que vinham de trás da porta fechada de seu escritório. Ele estava em uma reunião e, a julgar pela sua agenda, ele não me veria por quarenta minutos ou mais.

Tive tempo suficiente para uma xícara de café e me preparar para uma nova semana no trabalho. Se ao início do meu período de experiência eu tinha pensado que trabalhar para Leonel não seria bom, agora tinha uma opinião diferente. Além de todas as vantagens de ser sua assistente, também comecei a aprender as coisas das quais precisaria para a minha futura carreira como advogada. Talvez um dia eu tivesse um escritório como o do meu chefe e fosse uma especialista na área.

Quando meu café ficou pronto, me sentei em minha cadeira e me virei para a janela que se abria para uma linda vista da cidade, com infinitas carreiras de prédios e pessoas caminhando em direções diferentes. Eu sempre amei Nova York com seu trânsito, estilo de vida agitado, pressa e multidões. Eu não conseguia me imaginar morando em qualquer outro lugar. Não que eu não gostasse de paz e silêncio. Mas o silêncio me assustava. Nunca gostei de ficar sozinha. Disse a garota cuja vida pessoal era tão inútil quanto procurar uma flor no Central Park em janeiro.

— Existe uma forma de trazer de volta um sorriso ao seu lindo rosto? — a voz de Leonel soou acima da minha cabeça.

Me virei e — maldição — prendi minha respiração por um segundo. Não havia nada de diferente nele. Ainda assim, parecia que eu não o via há anos.

Ele vestia um de seus ternos pretos favoritos com uma camisa branca e gravata cinza. Mas eram os seus olhos que não me deixavam respirar livremente.

— Bom dia — eu disse, extremamente feliz em vê-lo.

— Realmente, é um bom dia.

Ele sorriu e meu coração estúpido se derreteu. Por que ele tinha aquele efeito sobre mim? Ele não precisava fazer nada de especial. Mas toda vez que ele falava comigo, eu sentia meu ódio por ele se esvaindo, se tornando algo completamente diferente...

— Sua reunião já terminou? — perguntei, tentando preencher aquela pausa inquietante em que não fizemos nada além de nos olharmos.

— Não, mas eu a ouvi aqui e quis cumprimentá-la.

Outro comentário que destroçou meus motivos originais para ter vindo até seu escritório há algumas semanas.

— O tempo voa...

— O que quer dizer com isso?

Balancei minha cabeça.

— Esqueça. Estou apenas pensando alto.

Olhei para os papéis espalhados sobre minha mesa, tentando inventar uma desculpa para terminar aquela conversa. Então Leonel decidiu tornar tudo mais difícil para mim.

— Gostaria que você participasse da minha próxima reunião com alguns clientes. Eles devem chegar em cerca de meia hora.

— Tudo bem.

— E, Liv? — Seus olhos foram até meus lábios e eu engoli em seco. — Você realmente deveria fazer alguma coisa em relação àquela cafeteira. — Ele esticou a mão e limpou uma gota de leite no canto da minha boca. — A parte de cima do leite vira uma bagunça.

E nos seus lábios, sempre parece algo que eu não me importaria em lamber.

Senti minhas bochechas corarem. Pigarreei antes de dizer:

— Vou pedir para alguém consertá-la.

— É melhor fazer isso — ele disse baixinho.

Em seguida, ele me lançou outro olhar faminto e voltou ao escritório, me deixando completamente arruinada. Porque depois do que aconteceu, não havia modo de eu começar a pensar coerentemente tão cedo.

Terminei meu café rapidamente e fui até o espelho para me certificar de que não houvesse resquícios do líquido em meu rosto. Minhas bochechas ainda estavam coradas e meus olhos — argh — revelavam tudo que eu não ousava dizer em voz alta; ao menos não para Leonel, que, para o me arrependimento, podia ver tudo com clareza sem que eu precisasse dizer uma única palavra.

Ele sabia que eu me sentia atraída por ele...

Eu não queria mais nada além de envolver a mim mesma em suas palavras e me esquecer do motivo para querer fazê-lo sofrer. Eu queria dar uma pausa a mim mesma e apenas sentir aquilo. Sentir tudo com ele.

Mas eu não podia. Não podia deixar aquilo acontecer, pois desistir significava que eu era uma irmã terrível.

E eu não queria trair minha família.

Uma batida à porta me trouxe de volta à realidade.

— Sim?

— Estou procurando o escritório do Sr. Cohen. — Uma

mulher de trinta e poucos anos entrou e olhou para a porta de Leonel, que estampava seu nome.

— Você é a Sra. Lorring? — perguntei.

— Sim, sou eu.

— Sente-se, por favor. O Sr. Cohen a receberá em breve. Café?

— Uísque seria melhor, mas café serve.

Eu sorri.

— Tudo está tão ruim assim?

Ela se sentou em uma cadeira e sorriu.

— Pior do que você imagina.

Ela não estava aqui por um bom motivo, então não me surpreendi em ouvir aquilo.

— Há quanto tempo está casada?

Eu peguei uma xícara de porcelana pequena e a coloquei sobre um pires.

— Quase quinze anos.

— Por que decidiu se divorciar?

Apertei um dos botões da cafeteira e esperei até que a xícara se enchesse.

— Craig não gostou do tapete que comprei.

— Ah... deve ser muito feio se ele decidiu pedir um divórcio por causa disso.

— Eu sei que soa estranho. Mas o maldito tapete arruinou nossa família.

— Você não poderia ter comprado um diferente?

— Sim. Mas era tarde demais. Ele começou a briga e uma

coisa levou à outra, e nós dissemos tantas coisas horríveis um ao outro. Não tinha como voltar atrás.

— Sinto muito.

Eu realmente sentia muito. Sabia que ela também sentia. Podia ver a culpa estampada em seu rosto.

— Quem ligou para o Sr. Cohen? — perguntei.

— Eu.

Novamente, sua voz estava repleta de culpa.

— Tem certeza de que quer isso?

Entreguei a xícara a ela, mas ela sabia que eu não estava falando sobre a bebida.

— Obrigada. Não tenho certeza de nada. Há algumas semanas, eu tinha certeza de estar em um casamento feliz. Agora essa parece uma memória distante.

Sim, eu podia entendê-la. Há algumas semanas, eu tinha certeza de que faria o que pudesse para destruir Leonel Cohen. Agora eu não estava mais certa de que queria isso. Porque havia outras coisas que eu queria fazer a ele. E elas não tinham nada a ver com vingança.

Naquele momento, o Sr. Lorring adentrou a sala de espera. Era a primeira vez que eu o via, mas soube que era ele pelo olhar que ofereceu à esposa.

Eles não disseram uma única palavra um ao outro.

— Quanto tempo vamos esperar? — ele perguntou, virando-se para mim.

— Cerca de quinze minutos.

Ele assentiu, olhou o relógio de pulso e saiu da sala. Ela

suspirou e me olhou de forma significativa.

— Ele me odeia.

Obviamente, não era recíproco.

— Acho que é porque você disse a ele algo que ele não gostou.

Ela assentiu.

— Você tem razão. Eu disse muitas coisas que nunca diria.

— Como o quê?

— Eu o chamei de egoísta e inconsequente porque sempre senti que ele não me dava atenção. Nunca teria decidido trocar o tapete se ele passasse mais tempo comigo e não no escritório. Eu sabia que ele odiava roxo. Foi por isso que comprei o maior tapete roxo que pude encontrar. Então ele finalmente prestou atenção em outra coisa que não fosse seu laptop. Bem, acho que eu ganhei o que merecia no fim de tudo.

Quanto mais ela falava, mais pena eu sentia dela. Eu podia ver que ela amava o marido.

— Vocês têm filhos?

— Não. E é minha culpa. — Ela pausou por um momento. — Quando Craig e eu começamos a namorar, eu engravidei. Mas não estávamos casados e meus pais eram contra tudo que ia contra as regras nas quais eles sempre me fizeram acreditar. Então — sua voz se tornou quase um sussurro —, eu abortei. Ainda estou pagando por isso. Porque apesar de todas as tentativas de engravidar, não consigo. — Lágrimas brilharam em seus olhos azuis cristalinos. — Estou envelhecendo e meu tempo para ser mãe está acabando.

Quis dizer algo para fazê-la se sentir melhor, mas eu sabia

que nenhuma das minhas palavras a ajudaria.

— Foi um dos assuntos que surgiram antes de você decidir ligar para o Sr. Cohen?

— Sim.

Agora eu sabia que o tapete não tinha nada a ver com o divórcio.

— Já pensou em adotar?

— Sim, mas Craig disse que ele nunca criaria o filho de outra pessoa.

— Entendo...

— O que você faria se fosse eu? — ela perguntou.

— Francamente, não faço ideia. Não sou casada e não tenho filhos. Mas estou tomando conta da minha sobrinha, pois os pais dela não podem fazer isso no momento.

— Por quê?

Não tive tempo de responder sua pergunta. Leonel e o cliente com o qual ele estivera em reunião saíram de seu escritório e meu chefe convidou a Sra. Lorring para entrar. Seu marido se juntou a nós alguns minutos depois.

— Já se decidiu sobre a casa do lago? — Leonel perguntou ao Sr. Lorring.

— Sim. Vou deixá-la para Susan. Assim como o tapete persa que me custou uma fortuna. — Ele lançou um olhar assassino à esposa.

— Ok. — Leonel fez algumas anotações e continuou. — E quanto à tutela de seu filho?

— Filho? — perguntei, surpresa. — Pensei que você tivesse dito que não tinham filhos.

Susan se apressou em explicar-se.

— Steven não é meu. Ele é o filho de...

— Ele é meu filho. A mãe dele morreu no parto.

Aquela era uma reviravolta na história. Algo dentro de mim protestou contra a ideia de ser educada e gentil agora.

— E você ousou fazer sua esposa se sentir culpada por não conseguir ter um filho com você? — perguntei a o Sr. Lorring com o máximo de veneno que pude adicionar à pergunta. — Quantos anos tem o seu filho? — Peguei uma pasta com os papeis do divórcio que estava com Leonel, procurando a informação. — Ele tem... doze, certo? O que significa que ele nasceu depois que você e Susan se casaram.

— Olivia! — Leonel me advertiu para que eu parasse aquele discurso emotivo, mas eu não iria fazer isso.

— Você a traiu e a fez tomar conta de seu filho, que tem necessidades especiais, sem dúvidas tendo dito a ela várias vezes que era responsabilidade dela por não ter conseguido engravidar e dar à luz a uma criança sem deficiência.

Meus olhos passavam de uma Susan assustada para seu marido furioso como um touro.

— Você não tem direito de se meter em assuntos de nossa família! — ele disse, pulando de sua cadeira.

Leonel o imitou.

— Vamos nos acalmar.

Eu bati a pasta com os documentos contra a superfície da

mesa.

— Sinto muito por sua esposa não ter pedido o divórcio antes. Isso a teria poupado anos sendo a esposa de um monstro como você. Você nunca quis que ela engravidasse!

— Como ousa!

— Você nunca quis que ela engravidasse porque tinha medo de a história se repetir e você ter que criar dois filhos deficientes em vez de um. Estou certa, Sr. Lorring?

O rosto do homem se tornou vermelho. Eu quase ri do quão engraçado ele estava agora. Não havia dúvidas de que se ele fosse um balão, estouraria.

— Não vou ouvir esta merda. Vamos encontrar outro advogado. Venha, Susan.

— Não. — Ela não se moveu.

Ele a encarou como se fosse a primeira vez que a visse.

— Ela está certa, não está? Você não queria que tivéssemos outro bebê. — Ela se levantou e andou até seu marido. — Passei por um inferno para engravidar, mas você... você sempre soube que eu não conseguiria. Porque toda vez que eu dizia que não tinha conseguido, você não se surpreendia. Como é possível que você pudesse prever que não daria certo?

— Susan, por favor, vamos falar sobre isso em outro lugar.

Não era difícil juntar os pontos.

— Ele fez vasectomia — eu resumi. — Filho da mãe.

— Olivia! — Leonel ficou do meu lado, provavelmente pronto para me deter se eu decidisse atacar o Sr. Lorring.

Sua esposa riu malignamente.

— Você está certo, Craig. Vamos falar sobre isso em outro lugar. No tribunal, para ser mais exata. Porque não existe maneira de me fazer perdoá-lo pelo que você fez comigo. Esteja pronto para pagar. Canalha! — Ela se dirigiu até a porta, mas parou e se virou para olhar para mim e para Leonel. — Quero que vocês dois me representem no tribunal. E é melhor que ele — ela apontou para o marido — encontre um bom advogado. Porque eu vou tirar tudo que esse babaca tem.

Capítulo 10

— Aquilo foi falta de educação — Leonel disse assim que o Sr. Lorring deixou seu escritório me chamando de todos os nomes possíveis.

— Se você está se referindo a ele me chamando de vadia, não se preocupe, vou sobreviver.

— Não, me refiro a você sendo rude com o cliente.

— Ele também vai sobreviver.

Leonel balançou a cabeça.

— Se as circunstâncias fossem diferentes, eu demitiria você imediatamente.

— Mas não neste caso em particular, certo?

Ele sorriu.

— Não neste caso. Porque eu acho que você fez a coisa certa revelando a verdade sobre aquele idiota.

— Não posso discordar, Sr. Cohen.

Ele se aproximou e eu vi seus olhos escurecerem.

— É uma pena que você não esteja sempre de acordo com tudo, Srta. Lambert.

— Se eu estivesse de acordo com tudo que você gostaria que eu fizesse, não estaria tão interessado em me calar com a sua boca.

Peguei meu caderno e me encaminhei até a porta quando, de repente, a mão de Leonel estava em meus cabelos e ele me puxou, virando meu rosto para ele. Colidi contra seu peito e deixei meu caderno cair. Ele pousou diante dos meus pés com um som sutil. A mão de Leonel escorregou para a minha nuca, segurando meu rosto. Sem qualquer aviso, seus lábios selaram os meus.

Macios e suaves…

Lento e delicioso…

Provocante…

Sedutor…

Ardente…

Dominante, mas oferecendo tempo e espaço suficiente para ser parado.

Mas pensando bem… quem iria querer parar aquilo?

Correto! Ninguém.

Eu me inclinei em sua direção, com cada fibra do meu corpo tremendo em resposta à dança dos nossos lábios e línguas. Era uma conexão inesperada, mas certamente desejada. Havia paixão e um pouco de vergonha, a qual deveria me fazer dizer a ele que não deveríamos fazer aquilo.

Mas...

Ele mordiscou meu lábio inferior e o segurou entre os dentes por alguns segundos. Sua mão tocava minha bochecha enquanto a outra me pressionava contra seu peito. Não havia como fugir daquilo — dele.

Eu me derreti em nosso beijo, sentindo um rio de emoções derramando do meu coração e me cobrindo, afastando todas as dúvidas que estavam em seu caminho.

Uma alegria eufórica me envolveu e me segurou com força. Eu não queria soltá-lo, sentindo que aquilo nunca mais aconteceria. O momento parecia tão frágil que eu temia dar um passo para trás, temia que tudo que tínhamos acabado de compartilhar se despedaçasse bem ali.

Mas o tempo era cruel. Nós não podíamos fazer nosso beijo durar para sempre. Cedo ou tarde, um de nós precisaria parar para respirar. Ou para nos lembrarmos da existência do bom senso.

E aquele *alguém* acabou sendo eu mesma.

— Leo, espere...

Seus lábios permaneceram próximos aos meus como se ele não pudesse acreditar que eu tivesse decidido parar o beijo.

— Isso é loucura.

Minha respiração estava pesada e o ar não parecia ser suficiente para normalizá-la.

— Gosto da loucura.

— Disse o advogado que nunca perdeu um único caso.

— Resposta errada. Eu perdi um... por você. Lembra?

Seus dedos se enredaram em meus cabelos e ele tentou capturar meus lábios com os seus novamente. Mas eu me afastei.

— Ainda estamos no trabalho. E temos outro cliente em dez

minutos.

— Dez minutos? É tempo suficiente para pelo menos mais um beijo. — Ele me empurrou de leve até que eu estivesse presa entre a mesa e seu corpo. — Esperei por isso por muito tempo para deixar você sair dos meus braços tão cedo.

Ele me levantou e me sentou sobre a superfície de madeira atrás de mim. Suas mãos deslizaram pelos meus quadris, levantando a bainha da minha saia. Seus olhos não deixaram os meus. Eu pensei ter me esquecido de como respirar, morrendo naquele momento de antecipação e medo.

Parte de mim sabia que eu deveria detê-lo, enquanto a outra apenas queria que ele continuasse o que quer que quisesse fazer comigo.

Quando ele deu um passo à frente e a parte inferior de seu corpo tocou a minha, eu soube que estava perdida.

Sua respiração quente roçou meu rosto, seus lábios procurando os meus. Mais um vislumbre de seus olhos profundos e escuros, e o desejo dentro de mim começou a queimar com uma nova força.

Droga, eu estava ferrada. Bem como tudo que aconteceria em seguida.

Porque eu tinha certeza de que não havia uma forma fácil de escapar.

Por um momento, o tempo parou, e eu não podia ouvir nada além da respiração ofegante dele imitando a minha. Havia tanta intimidade naquela conexão silenciosa, com nossos corpos pressionados e nossos lábios a milímetros de distância.

Eu queria dizer alguma coisa, qualquer coisa que pudesse me resgatar da dor que eu sentia que me mataria quando tudo estivesse acabado. Mas como uma psicopata, eu segui em frente, desesperada para morrer nos braços dele e em seu beijo.

Fiz o último movimento e toquei seus lábios com os meus, gentilmente, ternamente. Como se fosse a vez dele de me deter. Mas ele não fez isso.

Ele aceitou o convite com sua língua experiente enviando arrepios à minha espinha. Naquele momento, eu era dele, e ele sabia disso. Eu era fraca em relação a tudo que ele me oferecia e ele sentia isso.

Seus lábios eram gentis, mas firmes, dando e recebendo. Eu estava prestes a dizer a ele que eu não poderia lhe dar tudo que ele esperava receber. Mas eu já lhe havia dado o que ele queria e ainda mais.

Eu não sabia o que ele havia utilizado para me enfeitiçar, mas a alegria intoxicante que provinha dos seus lábios alcançou cada pequeno canto do meu corpo e da minha mente, e eu aceitei. Como se eu soubesse que não havia nada a dizer para negar o óbvio...

Eu gostava de Leonel Cohen. E assim como minha irmã, eu não sabia como resistir.

Eu não sabia quanto tempo nosso beijo havia durado, mas quando ouvi passos na sala de espera, eu o empurrei e pulei da mesa, reajustando minha saia e meus cabelos.

Ele revirou os olhos e colocou uma mecha do meu cabelo atrás de minha orelha.

— Você ainda está desarrumada.

— Onde?

Ele riu e se inclinou para roubar um beijo rápido.

— Em todos os lugares. E eu amo isso.

— Meu Deus, você *não está* ajudando.

— Nada pode ajudar você, Liv. Você tem uma queda por mim. E é óbvio.

— Você...

— E eu tenho uma queda por você. E é ainda mais óbvio, já que eu vou precisar passar a reunião inteira com o meu cliente sentado. Do contrário, ele vai ver o quanto eu quero estar dentro de você agora.

— Cale a boca!

Eu olhei para a porta fechada com cautela, temendo que o cliente o ouvisse me dizendo aquelas coisas obscenas. Toda vez que eu pensava que ele não poderia me fazer corar mais, ele me provava estar errada.

Rindo, ele foi até sua cadeira e disse:

— Algo me diz que eu não sou o único nesta agonia passional, *Olivia*. E eu mal posso esperar pelo momento em que você me mostrar o quanto você quer me sentir dentro de você, *fundo e com força* — ele repetiu as palavras que a heroína do filme que assistimos juntos disse.

Eu me apressei em sair do escritório, irritada.

Aquele babaca era audacioso. Ele era claramente muito melhor do que eu em esconder suas emoções. Porque o Sr. Shand, que estava esperando por sua reunião com Leonel, soube que havia algo de errado comigo no momento em que fechei a porta do escritório atrás de mim com força.

— Está tudo bem? — ele perguntou.

Ele estava aqui para um contrato de casamento e eu sabia que meu chefe havia dado seu melhor para dificultar as coisas para a esposa daquele homem.

— Nunca estive melhor — menti, estampando um sorriso falso em meu rosto. — O Sr. Cohen precisa de alguns minutos para terminar o seu contrato. Aviso quando ele estiver pronto para recebê-lo.

Não que eu me importasse com meu chefe encontrando seu cliente com uma óbvia ereção, mas não queria que ninguém pensasse mal de mim ou acreditasse que eu fosse o motivo daquilo. Não importava se isso era verdade.

Pedi licença e saí da sala de espera, ansiando por uma mudança de ambiente.

Fui até a sala de descanso e, para meu grande alívio, não havia ninguém lá para me incomodar. Me sentei em uma cadeira e retirei meus sapatos.

Meu Deus, o que eu fiz?

Eu deveria ter pensado duas vezes antes de deixar Leonel me beijar, mas meu pensamento racional desapareceu no momento em que sua língua escorregou por entre meus lábios.

Ótimo, simplesmente ótimo.

Suspirei e fechei meus olhos, recostando-me às costas do sofá.

Como eu deveria dizer a Winter que havia beijado o homem

pelo qual ela estava perdidamente apaixonada? Eu não era apenas uma irmã terrível, mas uma traidora. Priorizei meus instintos físicos e me esqueci de minha vingança.

Eu não tinha mais certeza de que queria me vingar. Não tinha certeza de nada, exceto de uma coisa — eu precisava falar com minha irmã. E eu precisava fazer isso hoje.

***

Leo

— Há alguma chance de eu conseguir ficar com as duas casas no caso de um divórcio?

Eu sorri.

— Claro. Se você quiser que sua esposa se torne uma *stripper*.

— Perdão?

— Bem, se você ficar com todas as propriedades, ela vai precisar tirar as roupas para encontrar um novo lugar para morar. É o que ela fazia antes de se casar com você, lembra?

O rosto do Sr. Shand endureceu.

— Como você sabe disso? — ele perguntou com a expressão mais cômica que eu já tinha visto.

— Rumores.

— Melissa é uma mulher decente agora. O que aconteceu no passado não tem nada a ver com nosso futuro. Eu a amo e ela me ama.

— É claro. Então por que você quer se proteger caso ela

decida que seu amor por você não é mais tão forte?

— É óbvio: eu sou um homem rico e ela é...

— Uma *stripper*. Não, vou me corrigir... uma *ex stripper*.

Ele não gostou dos meus comentários, mas sabia que eu era um dos melhores advogados na cidade e, provavelmente, o único que concordaria em fazer o contrato de casamento mais idiota do mundo para ele.

— É bom estar preparado para tudo — ele disse.

— É verdade.

Mas eu certamente não estava pronto para tudo que havia acontecido entre Liv e eu há menos de meia hora. Ela era gostosa e tentadora para caralho. E eu sabia que em algum momento, eu tentaria usar aquilo contra ela. Mas o que aconteceu quando pressionei meus lábios contra os dela foi algo que nunca esperei sentir. Eu queria mais dela. Eu queria ela inteira, toda para mim. Bem ali, naquele momento, na minha mesa, com suas pernas ao meu redor. Seus gemidos doces ecoando pelo escritório. Porra, eu a queria tanto que estava prestes a mandar o Sr. Shand e seu contrato ao inferno e correr até Olivia. Ela estava na sala de espera e eu podia ouvi-la falando com alguém. Perdi grande parte do que meu cliente estava dizendo porque não conseguia parar de pensar em beijá-la outra vez. Diversas vezes, em todos os lugares que ela me permitisse. Droga. Eu me sentia um maníaco esperando sua presa estar sozinha em uma sala escura.

— O que você acha?

— O quê?

Desgrudei meus olhos da porta fechada e olhei para o Sr.

Shand novamente.

— Eu iria pedir para você fazer uma pequena mudança no contrato. Vou deixar Melissa ficar com um dos apartamentos na cidade. O menor.

— Ótima ideia.

Nem tentei argumentar com ele, pois mal conseguia esperar para ele desaparecer. Fiz as correções necessárias e pedi a Olivia que viesse até meu escritório. Ela imprimiu o documento final e entrou no escritório como se este a pertencesse.

Não consegui fazer outra coisa além de olhar para ela. Tudo no modo como ela se movia e falava me atraía. Eu estava desesperado para sentir seu corpo pressionado contra o meu outra vez. E nenhuma quantidade de tempo ou espaço parecia capaz de diminuir minha necessidade dela.

— Isso é tudo, senhor? — ela perguntou depois de eu ter assinado o contrato e o entregado ao cliente.

— Não. Fique, por favor. Precisamos discutir algo muito importante. — Me coloquei de pé para acompanhar o Sr. Shand até a porta. — Espero que sua esposa não o decepcione — eu disse, sorrindo.

— Eu não queria assinar nenhum contrato, mas...

— Você quer estar preparado para tudo — eu finalizei para ele.

Ele assentiu e me agradeceu pelo meu trabalho.

— De nada.

Esperei até que ele saísse, tranquei a porta do meu escritório e me virei para minha linda assistente.

— O que é mesmo que não tivemos a chance de terminar antes do cliente chegar?

Ela sorriu e cruzou os braços, me observando do outro lado da sala.

— Terminamos tudo que precisava ser terminado, senhor.

Me aproximei com as mãos nos meus bolsos.

— É mesmo? Então por que parece que este escritório é muito pequeno para nós dois, Liv?

Parei em frente a ela, deixando uma distância entre nós.

— Talvez porque você não suporte a ideia de trabalhar com uma mulher bonita sem fodê-la na sua mesa?

— Fodê-la na minha mesa? Esta é a primeira ótima ideia que eu ouvi de você hoje.

Seu rosto permaneceu ilegível.

— O que você me diz?

— Agora?

— Por que não?

— Ok...

Ela tocou a blusa e começou a desabotoá-la. O brilho em seus olhos era perigoso. Quando alcançou o último botão, ela parou e gesticulou para que eu chegasse mais perto.

Avancei, observando cada pequena mudança em sua expressão.

— O quanto você quer isso, Leo? — ela perguntou suavemente.

— Tanto que é possível que eu precise de uma mesa nova quando terminarmos.

Ela riu.

— E se alguém nos ouvir?

— Não estou nem aí. Sou o chefe aqui, lembra? Posso fazer a porra que eu quiser.

— E acho que '*porra*' é a palavra-chave aqui.

— Sempre soube que você era inteligente demais para ser minha assistente.

— Você acha que eu posso querer tomar seu lugar nesse escritório algum dia?

Ela pegou minha gravata e me puxou para perto, seus lábios muito próximos dos meus.

— Você pode tomar o que quiser nesse escritório. Inclusive eu.

Minhas mãos ainda estavam em meus bolsos, embora eu estivesse morrendo de vontade de tirar tudo que havia sobre a minha mesa e fazê-la se tornar a única decoração, com suas costas pressionadas contra a madeira.

— E se eu quiser mais do que você pode oferecer, Sr. Cohen?

Seu rosto se tornou repentinamente sério.

— O que exatamente você quer? — perguntei com cautela.

— Case comigo. E você terá tudo que tanto quer e muito mais.

Não havia um único sinal de diversão em seu olhar.

— Você está falando sério?

Ela não hesitou em responder.

— Nunca falei tão sério em toda a minha vida.

— Tudo bem. Vamos nos casar.

Ela não acreditou em mim.

— Você não está falando sério agora, está?

— Nunca falei tão sério em toda a minha vida, Olivia. Se para fazer você ser minha eu precisar colocar uma aliança no seu dedo, que seja.

Ela soltou minha gravata e me olhou de modo demorado e pensativo.

— É isso que você promete a todas as suas namoradas. Sr. Cohen? Que você vai se casar com elas se elas abrirem as pernas para você?

Algo naquela conversa parecia errado. Eu quase podia sentir a frieza que irradiava de cada palavra de Olivia.

— Não faço ideia do que a fez dizer isso, mas você está errada. Nunca prometo nada se eu sei que não serei capaz de manter minha palavra.

— É mesmo? — Ela andou ao meu redor, me observando atentamente. — Então eu acredito que seja hora de dizer 'vejo você no altar'. Ou as suas palavras sobre o casamento também foram mais uma mentira?

Capítulo 11

Olivia

Aquela seria minha primeira visita a Winter em quase cinco meses, quando ela disse que não queria me ver nunca mais. Eu havia me acostumado às suas mudanças de humor e não me sentia ofendida pelo que ela dizia. Mas hoje ela havia decidido ser excepcionalmente difícil de tolerar.

— A que devo a honra? — foi a primeira coisa que ela me disse.

Adentrei seu quarto e sorri.

— Olá para você também, mana. Como você está?

Ela estava sentada em uma cadeira de balanço próxima à janela que dava para o quintal dos fundos.

— Sempre me senti bem. Não fui eu quem pensou que eu estava louca, lembra?

Respirei fundo e me sentei em sua cama.

— Acabei de falar com o seu médico e ele disse que é possível que ele a deixe voltar para casa em algumas semanas.

— Eu sei.

Ela nem mesmo me olhou.

— Você não quer ir para casa?

— Casa? — Ela sorriu. — Eu nem sei mais onde é minha casa.

— Você sempre será bem-vinda para morar comigo de novo.

Ela riu.

— Certo. Eu me esqueci. Mas não, obrigada.

— Por que não? Bella gosta do meu apartamento.

— Bella? Como ela está, por sinal?

Seu olhar ainda estava focado na janela à sua frente.

— Ela está bem. Agora.

— Agora?

Não gostei da indiferença no tom de sua voz.

— Ela adoeceu na semana passada e eu precisei levá-la ao

hospital.

Ela virou a cabeça, mas não o suficiente para me olhar.

— Mas ela está bem agora, certo?

— Sim.

— Que bom. — Ela ficou em silêncio por alguns segundos e então me perguntou: — Ela... pergunta sobre mim?

— A todo momento.

Eu não podia ver seu rosto, portanto não sabia o que ela estava pensando ou sentindo naquele momento.

— Ela pergunta sobre o pai?

Aquela era uma pergunta inesperada.

— Às vezes.

Aquilo chamou sua atenção. Ela se levantou, andou até a cama e se sentou ao meu lado.

— Ela se parece tanto com ele. — Seu olhar estava perdido, como se revivendo as lembranças com o pai de Bella. — Eu nunca serei capaz de esquecê-lo, porque sempre que olho para ela, vejo o rosto dele.

Meu coração afundou. Eu sabia exatamente do que ela estava falando, pois toda vez que olhava para Bella, via os olhos escuros de seu pai me encarando.

— Você nunca me contou nada sobre ele — eu disse, esperando que ela quebrasse o voto de silêncio que havia complicado tanto minha vida.

Ela me lançou um olhar irritado.

— Não vou discutir minha vida pessoal com você.

— Você nem mesmo me disse o nome dele. Não acha que eu

mereço saber pelo menos isso?

Ela não gostou daquilo.

— Você veio até aqui me fazer perguntas que eu não quero responder? — Ela se levantou novamente e começou a andar de um lado para o outro no quarto. — Eu nunca lhe contei nada sobre ele intencionalmente. Porque eu sabia que você tentaria encontrá-lo. E eu não quero que você o encontre. Nos deixar foi escolha dele e respeito isso. Ele não estava pronto para uma família e filhos. Ele é um espírito livre. Odeia limites e regras. Sempre faz o que quer. Não posso julgá-lo por isso. Ninguém pode. Porque é a vida dele e é ele quem escolhe como vivê-la.

— E a sua filha? Ela não merece ao menos um pouco de atenção da parte dele? — Me coloquei de pé e andei até Winter. — Ela merece ter uma família de verdade, com ambos os pais cuidando dela.

Pude ver que minhas palavras a deixaram nervosa. Ela envolveu a si mesma com os próprios braços e esfregou os ombros como se estivesse sentindo frio.

— Eu não posso dar a ela o que ela precisa. Se você diz que ela gosta de morar com você, acho que é melhor ela ficar com você.

— Você está falando sério? Está dizendo que não quer mais ser mãe? — Eu não podia acreditar no que ela estava dizendo. — Bella não é algo que você pode comprar e devolver à loja. Ela é uma garotinha! Ela está sentindo sua falta! Ela quer que você esteja por perto. Ela precisa de você, Winter!

Chacoalhei Winter pelos ombros, sentindo lágrimas queimarem meus olhos. Eu sentia pena de Bella, que não fazia ideia do quão pouco seus pais se preocupavam com ela ou com seu futuro. Não era culpa dela ter nascido!

— Me solte! — Winter disse em tom de advertência. — Ou vou gritar. E o médico nunca mais lhe deixará me incomodar.

— Incomodar? — Eu sorri. — Ora, sinto muito ter decidido incomodar você hoje. — Abaixei minhas mãos e dei um passo para trás. — Se você prefere viver sozinha, vá em frente. Não vou tentar salvar você novamente. E quanto a Bella, agora sei que é melhor ela ficar comigo. Para sempre. Vou adotá-la e sempre a amarei como se fosse minha.

Ela não fez nenhum comentário sobre aquilo, o que apenas fez meu desejo de proteger Bella dela aumentar.

Corri para fora do quarto, deixando a porta aberta.

Lágrimas escorriam pelo meu rosto. Acelerei e me apressei em sair do edifício como se ele estivesse em chamas.

Eu não podia acreditar que minha irmã fosse uma mãe tão terrível. Ela nunca tinha sido tão cruel ou insensível. Ou talvez eu devesse ter percebido os sinais quando ela decidiu tentar o suicídio. Ela não pensou em sua filha naquele momento. Ela pensou apenas em si mesma e em seu coração partido; nos sentimentos que ela ainda nutria pelo homem que não se importava com elas.

Bella estava destinada a ficar sozinha.

Mas eu não poderia deixar isso acontecer.

Entrei em meu carro e liguei para Leonel.

— Preciso que você faça algo para mim.

Eu sabia que ele não diria não para mim, independentemente do quão confusa nossa conversa tivesse sido na noite anterior.

O beijo que compartilhamos ainda estava vívido em minha mente, assim como nos meus lábios. Quando fechava meus olhos, eu podia senti-lo, como se Leonel estivesse comigo agora, me beijando continuamente. E mesmo estando longe dele há horas, eu não sabia como fingir que aquilo nunca tinha acontecido, ou lhe dizer que eu não queria fazer tudo de novo.

Na noite passada, quando voltei para casa, senti como se eu não merecesse ter uma irmã como Winter — uma pessoa que sempre me priorizou, ao menos até ela conhecer Leonel, quando tudo mudou.

Nós nunca brigamos por conta de um cara, muito menos por eu ter me apaixonado pelo pai de sua filha.

Deus, eu sabia que sentia algo por ele. E aquele algo era o sentimento mais forte que eu já tinha sentido por qualquer outro homem.

Foi assim que eu também soube que estava em problemas. Não deveria ter sido assim. Eu não deveria ter me apaixonado por Leonel Cohen. Mas me apaixonei. E agora eu iria puni-lo por meus sentimentos por ele. Porque aquela parecia ser a maneira mais fácil de me esquecer dele e começar uma vida nova, onde ele não existisse.

A primeira pessoa que encontrei na sala de espera foi Molly. Ela estava de volta muito antes do esperado.

— Oi, não está feliz em me ver? — ela perguntou com um sorriso largo.

— Me desculpe, tive uma manhã horrível.

— O que aconteceu? Espero que não seja por Leo ter feito algo estúpido de novo.

Eu ri.

— Não, é apenas drama de família.

— Quer conversar sobre isso?

— Na verdade, não. Eu preciso ver Leonel.

— Ele está esperando por você. Ele disse que queria ver você assim que chegasse.

— Ok.

Tirei meu casaco e desejei boa sorte a mim mesma. Afinal de contas, aquela seria a primeira vez que nos veríamos após nosso beijo inoportuno e eu não estava pronta para falar sobre aquilo.

— Bom dia — ele disse, se levantando para me cumprimentar.

— Não tire conclusões precipitadas.

Ele riu.

— É porque eu ainda não a beijei.

Ele andou até mim e colocou um braço ao meu redor, me puxando para mais perto.

— Não. — Coloquei minhas mãos sobre seu peito.

— Qual é o problema? Eu não concordei em me casar com você para ter permissão legal para beijá-la quando eu quiser?

Eu ainda não sabia se ele estava brincando ou não.

— Não estou no clima para isso — eu disse.

Ele franziu a testa, provavelmente tentando entender o motivo de eu estar agindo daquela forma, mas não me soltou.

— Pode me explicar por que você queria que eu preparasse os documentos para adoção?

Sua proximidade causava coisas terríveis à minha habilidade de pensar coerentemente. Então retirei sua mão de mim e me sentei.

— Quero que Bella seja minha. Legalmente.

— E os pais dela?

Ele se sentou de frente para mim.

— Eles não podem cuidar dela.

— Você pode provar isso?

— Eu menti para você. A mãe dela está... em uma clínica de reabilitação. Ela não se importa se eu adotar Bella. E o pai dela... não existe.

Baixei meus olhos, sabendo que ele provavelmente veria a mentira em meus olhos.

— Quer dizer que não sabe nem mesmo o nome dele?

Balancei minha cabeça negativamente.

— Vou precisar fazer algumas ligações. Precisamos nos certificar de que o pai de Bella, quem quer que ele seja, não queira tomar conta dela. Talvez possamos encontrar o nome dele em algum lugar.

— Não! — Me levantei rapidamente. — Quem quer que ele seja, ele não tem direitos sobre Bella. Ela é minha. Ponto final.

Leo também se colocou de pé.

— Eu sei que você a ama. Mas se você quiser fazer tudo de forma legal, nós precisamos provar que ele não pode fazer parte da criação dela.

Ah, não!

Eu sabia que Leonel estava certo. É claro que ele estava. Ele era um especialista no que fazia.

Ainda assim, eu queria fazer tudo do meu jeito.

— Ok — eu disse. — Vou tentar descobrir quem ele é.

Eu não sabia como faria a adoção acontecer e impedir que Leonel soubesse de sua paternidade. Mas eu iria encontrar uma maneira.

Comecei a me dirigir até a porta quando ele me parou.

— Tem mais alguma coisa que você queira me dizer?

Ele bloqueou a porta com seu corpo e eu sabia que ele não me deixaria sair até que eu respondesse sua pergunta.

Eu suspirei.

— Sim. Sinto muito.

— Eu também. — Ele deu um passo à frente e acariciou minha bochecha com as costas da mão. — Sinto muito por não ter beijado você antes.

— Foi um erro — me apressei em dizer, tentando convencer a mim mesma que eu acreditava no que estava dizendo.

— Um erro? É sério? — Ele se aproximou ainda mais e sussurrou em meu ouvido: — Então porque está tremendo quando a toco?

— É porque... não quero que você me toque.

Sua risada leve fez cócegas no lóbulo de minha orelha.

— Boa tentativa.

Ele não estava me beijando, nem mesmo tentando. Ele estava brincando comigo, me provocando, sabendo perfeitamente bem que cada palavra que saía da minha boca era mentira.

— Tenho trabalho a fazer — eu disse, esperando que ele finalmente me soltasse. Porque tolerar aquela tortura estava se tornando mais difícil a cada segundo que passávamos sozinhos em seu escritório.

— É claro. — Ele deu um passo atrás e me olhou de forma demorada, fazendo borboletas dançarem em meu estômago. — Agora que Molly está de volta, você não vai mais precisar atender ligações ou me trazer café. Acho que nós precisamos trazer sua mesa para o meu escritório. O que me diz?

Ah, certamente que não.

— É uma má ideia.

— Por quê?

— Vou distrair você do trabalho.

— Ótimo. Talvez seja exatamente disso que eu precise agora: uma linda distração.

Revirei meus olhos.

— Vou ficar na sala de espera.

— Sou o chefe aqui e a decisão de onde você vai trabalhar é minha. E eu quero você no meu escritório. Em todos os sentidos do verbo 'querer'.

— Tudo bem. Como quiser. Posso pegar as minhas coisas da sala de espera?

— Claro. — Ele se afastou da porta. — Você tem dois minutos. Eu odeio esperar — ele disse com uma piscadela.

Me apressei em sair do escritório, que parecia pequeno demais para nós dois.

— O que foi? — Molly perguntou, vendo minha expressão

conturbada.

— Acho que não consigo mais fazer isso.

Ela riu.

— É claro que consegue. É cedo demais para desistir, garota.

— Desistir do quê?

Ela sorriu gentilmente e disse:

— De ver um lado diferente de Leonel Cohen.

— E se não existir outro lado?

— Ah, acredite em mim, existe. Você só precisa de mais tempo para encontrá-lo. Continue cavando mais fundo.

Eu ri.

— Acho que minha pá está prestes a quebrar.

Foi a primeira vez que eu ri naquela manhã, sem pensar sobre a minha vida indo pelo ralo. E se Molly estivesse certa e houvesse uma parte de Leonel Cohen que eu ainda precisasse ver? E se o que ele fez com minha irmã não fosse sua culpa? Winter não me contou nada sobre o término deles. Então talvez houvesse uma chance de consertar tudo sem perder nada no processo. Incluindo ele...

Eu decidi ligar para Parker. Ela era a única pessoa no mundo que poderia me ajudar agora.

— Que tal uma festa só de garotas?

— Quando?

— Hoje à noite. No meu apartamento.

— Eu topo.

Eu sorri.

— Ótimo. Preciso lhe contar algo muito importante.

— Eu sabia!

— Sabia o quê? — perguntei, confusa.

— Você dormiu com seu chefe! — ela gritou do outro lado da linha.

Olhei para Molly, que também estava no telefone e não podia ouvir as palavras de Parker.

— É claro que não! — sibilei em resposta.

— Que pena. Eu esperava uma história muito boa.

— Sinto muito por decepcioná-la. Mas é outra coisa que preciso lhe contar.

— Tudo bem, vejo você mais tarde então.

— Tchau.

— Olivia! — Leonel gritou de seu escritório. — Estou esperando os documentos!

Não havia documentos a serem entregues. Mas aparentemente, ele não podia mais esperar para que eu me mudasse da sala de espera para o seu escritório. Os dois minutos que ele havia me dado terminaram há três minutos.

Peguei meu laptop e disse a Molly que meu chefe e eu precisávamos discutir um dos casos que ele iria representar no tribunal amanhã.

— Paciência nunca esteve na lista das suas qualidades mais fortes — eu disse, colocando minhas coisas sobre sua mesa.

— Quando se trata de você, paciência é a última coisa na qual quero focar. — Seus olhos deslizaram propositalmente pelo meu vestido. — Há tantos lugares que eu ainda preciso explorar.

— Pelo amor de Deus, será que podemos apenas... trabalhar?

— Claro. Embora eu prefira trabalhar em *você*.

Eu não disse nada.

O restante do dia foi relativamente tolerável. Leonel mergulhou em seus documentos e não prestou atenção em mim. Ou ao menos fingiu não prestar, porque de vez em quando eu o pegava me observando.

Quando já era hora de ir para casa, ele disse:

— Que tal um drink?

— Má ideia.

— Por quê?

— Porque eu sei que tomar um drink com você não vai acabar bem.

Ele riu e me ajudou com meu casaco.

— Obrigada — eu disse.

— De nada. Você pode mudar de ideia e se juntar a mim para um drink.

— Não posso. Tenho outros planos.

A julgar por sua testa franzida, ele não gostou daquilo.

— Com quem?

— Por que se importa? Minha vida pessoal não é da sua conta.

— Não era da minha conta. Até a noite passada.

— O que aconteceu na noite passada?

É claro que eu sabia exatamente no que ele pensava naquele momento.

— Pensei que você tivesse sentido alguma coisa.

Ele se recostou à sua mesa e cruzou os braços, me observando enquanto eu guardava minhas coisas.

— Senti. — Eu olhei para ele. — Eu lhe disse o que senti. O que fizemos foi errado e nada profissional.

— Espero que 'nada profissional' não signifique que eu beije mal.

Fechei minha bolsa e disse:

— Você beija muito bem e sabe disso. E 'nada profissional' significa que nós não deveríamos misturar trabalho e prazer.

— Foi por isso que a convidei para tomar um drink comigo.

— E eu disse que já tenho outros planos para hoje.

— Tudo bem, mas se a pessoa com a qual você tem planos beijar mal, não diga que não avisei.

— Vou me lembrar disso. Tchau, Leo.

— Até amanhã, Liv.

Ele não tentou me deter ou me beijar, e eu me senti grata por aquilo. Eu realmente precisava de um descanso de sua presença irresistível. Embora fosse muito mais difícil me livrar da presença dos pensamentos sobre ele em minha cabeça.

Eu não sabia mais qual era a coisa certa a se fazer. A princípio, pensei que nunca contaria a ele sobre Bella. Depois, pensei que talvez eu devesse lhe contar a verdade sobre ela. Então, depois de falar com Winter, eu estava tão furiosa com os dois. Eu estava certa de que minha decisão de adotar Bella era uma boa ideia. E então as palavras de Molly tornaram tudo um pouco mais complicado outra vez.

Ela disse que eu precisava de mais tempo para ver um lado

diferente de Leo.

E eu comecei a duvidar cada passo que eu dava em sua direção.

Era por isso que eu precisava ouvir o que Parker pensava sobre aquilo. Ela sempre tinha sido meu bom senso. Diferentemente de mim, ela pensava que a verdade, fosse ela boa ou não, era melhor do que mentiras. Porque as mentiras se enredavam e formavam tantos nós que faziam seu caminho para o desejado parecer uma corrida de obstáculos sem fim. E eu estava tão cansada de percorrê-lo sozinha...

Capítulo 12

— Ainda não entendi — Parker balbuciou, derramando boa parte de seu vinho no chão. — Merda. Você gosta dele ou não?

Estávamos na metade de nossa segunda garrafa de vinho e eu me sentia ainda mais estressada do que antes da 'festa'. Minha mãe e Bella foram dormir cedo, pois a garotinha precisava descansar e minha mãe estava cansada demais para se juntar a mim e a Parker para uma taça de vinho. Que se tornou duas, e depois três, e depois paramos de contar taças e abrimos mais uma garrafa.

— Não importa — eu disse, tomando mais um gole do líquido vermelho. — Não podemos ficar juntos mesmo.

— Por quê?

— Porque... Leonel Cohen é o pai de Bella.

— O queeeeê?

Os olhos de minha amiga nunca tinham se arregalado daquela forma. Ela piscou algumas vezes, como se estivesse decidindo se aquilo era real ou apenas parte de sua imaginação embriagada.

— Espere aqui — eu disse.

Coloquei minha taça sobre a mesa e fui até meu quarto para pegar a foto que havia marcado o início da minha vingança, que já não era mais uma vingança exatamente. Voltei para a cozinha e mostrei a Parker a foto de Leo e Winter juntos.

— Puta merda.

— Exatamente. É ainda pior do que você pensa.

— Onde você conseguiu isso?

— Definitivamente não foi com a minha irmã. Ela nunca me mostraria essa foto. Ela nem sequer me disse o nome do homem que a abandonou.

— Ele parece diferente do homem que vi no Google. O mesmo rosto, mas as roupas, o jeito com o qual olha para a câmera... tudo é diferente.

— Isso não muda o fato de que me apaixonei por ele.

Parker soluçou e disse:

— Eu sabia que você estava interessada nele! É recíproco?

— Acho que sim. Ou talvez ele simplesmente queira dormir comigo. O que não é o mesmo que estar apaixonado por mim.

— Você acha que Winter ainda sente algo por ele?

— Tenho certeza que sim. Você deveria ter visto a cara dela quando falou dele. Anos se passaram e os sentimentos dela não mudaram nem um pouco. É por isso que ela não quer mais ver Bella.

Porque ela parece com o pai.

— Você vai contar a Leonel sobre ela?

— Era sobre isso que eu queria conversar com você. O que você acha? Devo contar a verdade sobre Bella?

Ela balançou a taça de vinho.

— Acho que você deve pensar no que é melhor para Bella. Se você acha que Leonel pode ser um bom pai para ela, então sim, deveria contar a verdade. E se você acha que ele não vai mudar de ideia sobre ter um filho, então você precisa dormir com ele porque obviamente quer fazer isso, e ir embora.

Eu ri.

— A segunda opção me parece um plano muito bom.

— A menos que você esteja com medo de trair os sentimentos de Winter por ele.

Suspirei.

— Obrigada por me lembrar.

Esvaziei minha taça e servi mais vinho.

Droga, a minha manhã seria pura tortura. Mas àquela altura, eu realmente não me importava com o que aconteceria no dia seguinte.

— Sabe, no dia em que ele foi até o hospital para pegar Bella, ele foi tão gentil com ela. E ela gostou dele. Tipo, gostou *mesmo*. Acho que foi o momento em que eu pensei que eles poderiam ser uma ótima família. Então conversei com Winter e percebi que ela não se importa com Bella. Tudo que ela quer é estar com Leo de novo e eu...

— Você quer o mesmo. Para você.

Eu assenti e chorei.

— Ah, querida... — Parker colocou os braços ao meu redor. — Eu sempre soube o que dizer para animá-la. Mas agora, estou perdida. Ou talvez seja porque você nunca se meteu em situações como esta e eu nunca precisei tomar decisões por você. Mas sabe de uma coisa?

— O quê? — Solucei.

— Acho que você precisa falar com Leonel. Se esta tortura continuar e você continuar mentindo para ele, pode ser que ele nunca a perdoe por ter mantido tudo em segredo. Mas se você colocar todas as cartas na mesa, vai ao menos saber que fez a coisa certa sendo honesta com ele.

— Mas ele as abandonou, lembra? Foi decisão *dele* fugir.

— E se o tempo mudou tudo e ele apenas não sabe como recuperá-las?

— E se ele ainda sentir algo por Winter? Flertar comigo não muda o fato de que ele ainda pode estar apaixonado por ela.

— Então só tem uma forma de esclarecer as coisas.

***

Uma hora depois, eu estava diante da porta do elevador privado de Leonel, esperando que este me levasse até seu apartamento. Eu não tinha certeza de nada, exceto de uma coisa — eu precisava parar de mentir para ele. Mas acima de tudo, precisava parar de mentir para mim mesma.

Eu estava apaixonada por ele... e aquilo nunca tinha sido

parte do meu plano. Talvez fosse por isso que eu nunca teria voltado ao seu apartamento se estivesse sóbria.

Quando o elevador finalmente chegou e a porta se abriu, entrei na cabine e esta subiu muito rápido. Ao menos parecia ter sido muito rápido, pois havia um zumbido em minha cabeça e eu esperava não vomitar no meio do meu discurso preparado.

Mas no momento em que a porta se abriu e eu entrei no apartamento de Leo, todas as palavras desapareceram de minha boca.

Porra...

Passei uma mão por entre meus cabelos bagunçados e apenas o olhei.

Ele estava deitado no chão, em frente a uma lareira acesa. Ele vestia calça jeans e uma camisa preta aberta. Uma mão estava sob sua cabeça enquanto a outra segurava um copo de uísque.

Eu não deveria ter vindo. Eu disse a ele que nunca mais passaria pela porta de seu apartamento e deveria ter cumprido minha palavra.

Me virei para o elevador novamente.

— Está com medo? — Suas palavras me fizeram parar imediatamente.

Lentamente, virei minha cabeça e o vi me observando do outro lado da sala. Ele não havia se movido ou levantado; ainda estava deitado no chão. Mas agora seus olhos estavam sobre mim e não focados na lareira, que era a única fonte de iluminação da sala, fazendo Leonel parecer mais perigoso do que nunca.

Eu engoli em seco.

— Entrei na porta errada.

— Covarde.

Talvez se eu não estivesse bêbada e tivesse pensado duas vezes sobre minha reação às suas palavras, elas não teriam me incomodado.

Mas incomodaram.

— Você está certo. Sou uma covarde — eu disse, me aproximando. — Eu deveria ter lhe dito isso há muito tempo.

Ele deixou o copo no chão e pôs a outra mão sob a cabeça, ainda me observando atentamente. Quanto mais eu me aproximava, maior era meu desejo de lhe dizer o quanto eu o odiava. Há algumas semanas, quando comecei a trabalhar com ele. Bem como lhe dizer o quanto eu me sentia atraída por ele. Semanas depois, quando tive uma chance de saber mais sobre ele.

Para a minha grande decepção, os arquivos de Madison não diziam uma única palavra sobre o Leonel que eu via agora. Ele não era o filho da puta que ela havia me dito que ele era. E eu estava perdidamente apaixonada por tudo que ele escondia na escuridão de seus olhos, que pareciam ser as coisas mais magnéticas do mundo.

Parei ao lado dele e o olhei.

— Há algo muito importante que eu preciso lhe dizer.

— Eu sei. Do contrário, você nunca teria vindo até aqui novamente. Espero que seja algo bom, porque tive uma noite infernal.

Franzi a testa.

— O que aconteceu?

Da última vez que soube, sua noite não prometia nenhum

problema.

— Não quero falar sobre isso.

Involuntariamente, meus olhos deslizaram por seu peito nu e minhas mãos formigaram com o desejo de tocá-lo.

— Gosta do que vê? — ele provocou com um sorriso em sua voz.

Fiquei em silêncio. Então ele puxou o cinto do meu sobretudo e o abriu.

— Está um pouco quente aqui para tantas roupas. Você não acha?

Ele levantou a bainha do sobretudo para ver o que havia por baixo. Eu não iria me despir para ele, portanto não me importei em checar minhas roupas antes de sair do meu apartamento. Agora eu me arrependia de não ter tomado um momento para vestir algo menos...

— Sexy — ele sussurrou, olhando para o meu pijama preto de seda, que consistia em um shorts e uma blusa de alças finas.

De repente, me senti completamente nua, e não havia nada com o que eu pudesse me cobrir para me esconder de seu olhar faminto.

Com os olhos ainda fixos nos meus, ele envolveu meu tornozelo com seus dedos e deslizou sua mão pela minha perna até que ele se sentasse e sua mão alcançasse o limite do meu shorts. Ele se levantou e colocou um braço ao meu redor, sua mão escorregando sob o tecido da minha blusa, como se acidentalmente.

Ele me puxou para mais perto até que nossos peitos se tocassem.

Com a mão livre, ele tirou meu sobretudo pelos ombros e eu nem mesmo tentei impedi-lo, deixando que o tecido claro caísse aos meus pés.

Nossas respirações estavam ofegantes e eu pude sentir o cheiro de uísque em seus lábios. E talvez, se não fosse pelo vinho correndo pelas minhas veias, eu o teria afastado. Mas sua proximidade me deixou em êxtase mais rapidamente do que o vinho e eu me senti fraca demais para me mover, muito menos lhe dizer que eu não queria aquilo.

Porque naquele momento, eu o queria mais do que nunca.

Em seguida, ele inclinou a cabeça e roçou meus lábios com os seus.

— Você tem cheiro de uva. Parece que a sua noite não foi muito melhor do que a minha.

Eu não neguei.

Seu polegar tocou meu lábio inferior, o restante de seus dedos alisando minha bochecha.

— Eu quero você, Liv. E quero você agora. Aqui, neste chão, com a lareira aquecendo seu corpo e as sombras das chamas dançando sobre sua barriga enquanto eu a como por trás.

Fechei meus olhos como se me protegendo do desejo que suas palavras fizeram queimar dentro de mim.

— Eu a quero tanto que posso morrer se a soltar. — Seu sussurro era desesperado, assim como minha necessidade de nos tornamos um.

Eu tinha fingido que não o queria por tanto tempo e sabia que não havia como voltar atrás agora. Estava decidido. E não havia força de vontade em mim para resistir.

Ele pressionou os lábios contra meu ombro e depositou beijos sutis sobre meu pescoço. Eram como borboletas me tocando com suas asas. Mas a sensação agradável que elas deixaram não podiam ser comparadas a nada.

— Você vai ficar? — ele sussurrou em meu ouvido.

Seus lábios se moveram pela minha bochecha e pararam sobre minha boca um segundo antes de eu dizer um 'sim' baixinho.

Um milhão de vezes sim, passou pela minha cabeça.

— Quero beber cada gota sua — ele disse, apertando seus braços ao meu redor. Ele abaixou uma alça do meu pijama e fez o mesmo com a outra. A blusa de seda escorregou e Leo envolveu um de meus seios com sua mão. — Perfeito — ele disse, circulando meu mamilo com o polegar.

Então seus lábios estavam sobre os meus novamente, nossas línguas entrelaçadas em uma dança suave. Por um momento, pensei que ele era muito para mim. Mas não o suficiente para não me dar o que eu queria.

Nossos beijos se tornaram mais profundos e longos. Quando nossas mãos começaram uma dança própria, as minhas deslizaram por seu peito e o ajudaram a se livrar da camisa. As dele puxaram a bainha da minha blusa e a tiraram pela minha cabeça. Alcancei o zíper de sua calça jeans e o abri. Ele terminou o trabalho rapidamente e, um segundo depois, estava completamente nu diante de mim.

— Venha aqui. — Ele me puxou pela mão até que nossos corpos se tocassem e eu senti a rigidez de seu pau pressionada contra a parte inferior de meu corpo.

Com as mãos na minha bunda, ele me beijou mais uma vez e abaixou meu shorts até que este se juntasse ao restante de nossas roupas no chão. Eu me afastei do tecido e os olhos dele se tornaram negros, como se ele finalmente estivesse vendo o que ansiava ver há tanto tempo.

Nós nos beijamos enquanto andávamos até o tapete macio próximo à lareira e Leo me deitou cuidadosamente sobre o chão, cobrindo meu corpo com o dele.

— São as chamas que a deixam tão quente ou estou perdendo minha cabeça por você, Liv?

Era uma pergunta retórica, então permaneci em silêncio, esperando ansiosamente por seu próximo movimento. Embora o calor que vinha do fogo não pudesse ser comparado com o calor que se intensificava entre nós.

Estávamos perdidos em relação a tudo, menos nós dois, apreciando aquele momento de puro prazer causado pela proximidade de nossos corpos e pensamentos.

Ele deslizou uma mão entre nós até encontrar meu clitóris e o esfregou gentilmente. Eu gemi e arqueei minhas costas, como se implorando por mais.

Seus dedos se moveram ainda mais fundo e escorregaram rapidamente para dentro de mim como se sempre tivesse tido o direito de me tocar daquela forma, sem aviso e sem pedir permissão.

— Porra, Liv, você está molhada. — Sua voz estava trêmula e eu sabia que não era por conta do frio.

Ele começou a beijar meu queixo, meu pescoço e meus

ombros, mordiscando e sugando, enquanto seus dedos continuavam a entrar e sair de mim.

Meu corpo estremeceu sob ele, esperando a satisfação iminente.

Eu o queria tanto que estava prestes a chorar.

Peguei sua mão e implorei:

— Por favor... pare.

Ele olhou para mim enquanto sua língua circulava provocativamente um de meus mamilos.

— Não haverá interrupções esta noite, Liv. — Seu polegar encontrou meu clitóris novamente e ele o pressionou como se fosse um botão que me faria obedecer a todos os seus desejos obscuros. — Não terminei de satisfazer você, não estou nem perto disso.

Eu grunhi e ele riu.

— Há tempo para tudo, baby. Mas antes, quero fazer você gozar com a minha boca.

Então ele beijou meu seio e minha barriga, lambeu minha vagina, chupando meu clitóris.

— Ah...

Era bom. Tão bom que eu queria que sua boca me tocasse em todos os lugares possíveis.

— Você é suave e molhada — ele sussurrou como se fosse uma oração. — Exatamente como imaginei que fosse.

Seus toques doíam de forma prazerosa. Eu mal podia esperar para que ele me tomasse por inteiro. Mas ele parecia estar apreciando me torturar, como se soubesse que eu explodiria a qualquer momento e quisesse me observar gozando para ele.

O orgasmo não me fez esperar muito. Apenas mais alguns movimentos da sua língua foram suficientes para me fazer chegar ao limite.

Eu chamei seu nome, sentindo meu corpo se contrair em espasmos com êxtase.

— Porra, sim, goze para mim, baby.

E eu gozei.

Não ofereci apenas aquele momento a ele — me ofereci inteiramente a ele.

— Quero que você seja minha, Liv. Só minha.

Ele cobriu meu corpo com o seu novamente e esperou até que eu recuperasse o fôlego. Apenas para me possuir do modo que ele queria.

Seu pau ereto encontrou seu caminho dentro de mim com facilidade, e ele deu estocadas fortes e profundas, aumentando o ritmo de seus movimentos com cada pequeno som que ele afastava dos meus lábios com um beijo. Ele não iria parar até conseguir o que queria. Não havia piedade em seus movimentos ou hesitação em seus beijos. Ele sabia o que estava fazendo, bem como sabia o quanto eu estava gostando.

Ele podia sentir aquilo no modo como meu corpo correspondia ao dele, no modo como meus lábios encontravam os dele. Ele podia ouvir aquilo nos sons que escapavam da minha garganta, destruindo o silêncio da sala quase escura.

A sensação familiar surgiu dentro de mim. Olhei para Leo e vi tanta paixão em seus olhos, como se ele estivesse em transe com a dança dos nossos corpos, que pareciam estar em perfeita sintonia um com o outro.

Tentei voltar minha atenção a qualquer outra coisa que não fosse o orgasmo que eu sabia que explodiria e me inundaria a qualquer momento. Eu não queria que tudo acabasse. Eu queria prolongar o momento ao máximo. Mas quanto mais rapidamente Leo se movia dentro de mim, mais perto do penhasco eu chegava.

Saltar seria magnífico. Mas o que aconteceria em seguida?

— Ceda, Liv — ele sussurrou contra meus lábios. — Pare de se conter.

Mais uma estocada, mais funda, e eu soube que estava perdida. Perdida na euforia que eu nunca imaginei que pudesse ser tão avassaladora.

Nunca tinha sido amada daquela forma.

Mas eu nem sabia se o que estávamos fazendo poderia ser chamado de amor.

Era incrível, sem dúvidas. Era repleto de emoção, e trouxe a satisfação pela qual ambos ansiávamos.

Mas poderia ser maior do que isso?

O que tínhamos feito poderia ser chamado de amor?

Ele fechou os olhos e inclinou a cabeça para trás, gozando dentro de mim, me reivindicando como sua. Seu pau pulsou dentro de mim, e quando ele abriu os olhos novamente, vi pura adoração, o que foi um tanto inesperado, mas certamente bem-vindo.

Ele segurou meu rosto e me beijou profundamente.

— Fique comigo, Liv.

— Não vou a lugar algum.

— Não, o que quero dizer é... fique comigo por toda a vida.

O que ele disse?

Ele sequer sabia o quanto suas palavras significavam para mim?

Ele sabia o quanto eu queria mandar ao inferno tudo que me impedia de lhe dizer o que eu sentia por ele e apenas ficar com ele?

Deus, ele não fazia ideia de onde havíamos nos metido.

E eu tampouco...

— Tenho quanto tempo para pensar sobre isso? — perguntei, sorrindo suavemente. Embora eu soubesse que nenhum período de tempo seria suficiente para desfazer os nós que tínhamos acabado de atar.

— O tempo que precisar. A menos que precise desse tempo para pensar em um modo de se livrar de mim. Porque nesse caso, você não tem tempo nenhum.

Ele removeu uma mecha de cabelo colada à minha bochecha com gentileza e disse algo que eu nunca esperei ouvir dele:

— Nunca, em toda a minha vida, eu quis que alguém ficasse do meu lado tanto quanto agora.

Capítulo 13

Acordei com o ritmo estável da chuva batendo contra as janelas do quarto de Leonel. Eu não me lembrava do momento em que nos dirigimos até seu quarto ou como eu havia adormecido em seus braços que, eu precisava admitir, era o lugar mais aconchegante do mundo. Eu podia sentir sua respiração lenta em minha testa e minha mão descansava em seu peito, contando cada batida de seu coração sob meu toque. Era tão bom estar ali com ele, *ser* dele.

A noite que não deveria ter terminado da forma como terminou poderia ser facilmente chamada da melhor noite da minha vida. Muitas coisas seguiram as palavras de Leo sobre querer me ter ao seu lado. Houve mais beijos, mais toques, mais sombras das chamas dançando sobre minha pele, e mais sons de prazer que ainda ecoavam em minha mente como se tivessem sido gravadas lá.

Eu não queria sair de seu abraço caloroso ou iniciar um novo dia, o qual eu, de alguma forma, sabia que não seria bom. Mas os primeiros raios de sol da manhã me disseram que meu lugar feliz estava prestes a se tornar uma realidade cruel que nem eu e nem ele estávamos prontos para encarar.

Mas que escolha tínhamos? Eu não poderia fingir não saber sobre seu caso com minha irmã, assim como ele nunca acreditaria que a minha chegada na noite passada tinha sido apenas um momento de espontaneidade guiada pela minha mente intoxicada com vinho.

A verdade que deveria ter sido revelada na noite passada permaneceu sendo um segredo. E agora que eu tinha deixado nosso relacionamento ir tão longe, era ainda mais difícil pensar nas palavras certas para lhe contar tudo que eu tinha intenção contar quando reorganizei os resquícios dos meus pensamentos lânguidos da meia-noite e entrei no táxi que me levaria diretamente ao apartamento de Leo na noite anterior.

Segui o conselho de Parker e decidi dizer a verdade. Eu não sabia qual seria a reação de Leo às minhas palavras, mas precisava contar tudo a ele. Ainda que as minhas palavras arruinassem o que tínhamos encontrado nos braços um do outro.

— Você estava roncando — ele murmurou, depositando um beijo em meus cabelos.

— Eu não ronco.

— Então deve ter alguém escondido debaixo do cobertor. Você se lembra de ter convidado uma terceira pessoa para se juntar à nossa festa na noite passada?

Eu dei um tapa leve em seu peito.

— Não. Não havia mais ninguém além de nós dois aqui.

— Ótimo. Não preciso de mais ninguém além de você.

Seus braços se apertaram ao meu redor e eu me senti ainda pior por precisar acabar com aquela ilusão de um mundo perfeito tão cedo quando tudo parecia muito mais fácil e feliz do que a realidade.

— Você está com fome? — perguntei, tentando aproveitar mais alguns momentos de paz com ele.

— Sim. — Ele sorriu. — Mas eu acho que comida não vai resolver.

Em um piscar de olhos, eu estava deitada de costas e ele pairava sobre mim, me desarmando com sua beleza.

Era a primeira vez que eu o via tão cedo de manhã, com a barba por fazer cobrindo suas bochechas e queixo, os cabelos bagunçados por conta da cama. E com o sorriso mais charmoso com o qual ele já tinha me presenteado.

— Nós não temos tempo para o que essa sua mente suja está pensando — eu disse.

Ele franziu a testa e olhou para o despertador em sua mesa de cabeceira.

— Merda. Eu tenho uma reunião em uma hora.

— Eu sei.

— Argh... — Ele saiu de cima de mim e praguejou alto. — É tarde demais para cancelar.

— Então que tal um café da manhã rápido?

Eu me sentei e enrolei o cobertor ao redor do meu corpo.

— Está no clima para uma rapidinha, hein?

Revirei meus olhos.

— Eu estava me referindo a comida.

— Prefiro um banho rápido. Com você.

— Se eu tomar banho com você, vamos perder todas as reuniões agendadas para hoje. E eu, como sua leal assistente, não posso deixar isso acontecer. Então levante-se!

Eu saí da cama e procurei minha calcinha pelo quarto.

— Acho que você se esqueceu de colocar uma calcinha ontem à noite.

Merda...

— Certo.

Ele riu.

— Eu não me importo se você andar pelo meu apartamento pelada. Não tem nada que eu não tenha visto.

Ele gesticulou para que eu devolvesse seu cobertor.

— Tudo bem. — Joguei o cobertor sobre a cama e saí do quarto. — Você tem cinco minutos para tomar um banho!

Sua risada me seguiu até a sala de estar, que era uma lembrança dos eventos da noite passada. Nossas roupas ainda estavam perto da lareira, ao lado do sofá, que tinha sido um dos lugares onde fizemos amor. Meu Deus, eu até me sentia um tanto constrangida pela facilidade com a qual deixei Leo fazer tudo o que queria fazer comigo, sem nem mesmo tentar impedi-lo e lhe dizer que eu estava cansada para mais uma rodada. Ou duas...

Mordi meu lábio inferior, peguei a camisa dele e a vesti para esconder minha nudez. A peça tinha o cheiro de seu perfume favorito amadeirado com uma nota de especiarias, e eu inalei profundamente, deixando que o aroma me preenchesse.

Minutos se passaram e eu sabia que iria para casa muito em breve para me trocar e ir trabalhar. Embora eu soubesse que ele não se importaria se eu aparecesse de pijama no trabalho.

Ri com o pensamento e fui até a cozinha para preparar o café.

Não era o melhor momento para contar a ele sobre meu parentesco com Winter. Ele tinha um longo dia à frente e eu considerei falar com ele mais tarde, após o trabalho. Além do mais, isso me daria um dia inteiro para encontrar minha coragem perdida e admitir que eu era uma mentirosa.

— Qual é o motivo dessa cara de repente? — ele perguntou, se recostando à moldura da porta.

Não havia nada além de uma toalha branca cobrindo a parte inferior de seu corpo e eu me lembrei repentinamente da primeira vez que visitei seu apartamento.

— Eu espero que você não a deixe cair de novo — eu disse, apontando para a toalha.

Ele deu de ombros.

— Se você quiser que eu a tire, é só dizer.

Balancei minha cabeça e enchi as xícaras de café. Também fiz torradas e cortei algumas fatias de queijo e bacon para fazer sanduíches, pois estas eram as únicas coisas para as quais tínhamos tempo.

— Por favor, diga a Molly que vou me atrasar. Eu ainda preciso ficar apresentável.

— Tudo bem. — Ele pegou uma xícara e bebericou seu café cuidadosamente. — Tem mais alguma coisa que você queira que eu diga a Molly sobre nós?

Fiz uma careta.

— Não. E, por favor, tente agir como se nada tivesse acontecido entre nós. Não quero que ela pense que eu fiz isso porque não pude resistir a você.

— Mas você não pôde resistir a mim.

— Cale a boca, Sr. Óbvio. Você também não conseguiu resistir a *mim*.

— É verdade. — Ele lambeu os lábios e olhou minhas roupas de cima a baixo lentamente. — Seria tão fácil me acostumar com isso...

— Com o quê?

— Com você fazendo café da manhã na minha cozinha, vestindo apenas minha camisa.

Tentei reprimir a dor repentina que me atingiu por dentro. Não era física. Era muito pior do que algo que poderia ser curado com remédio.

— Não vamos apressar as coisas — eu disse, esperando que fosse suficiente para ele parar de fazer planos para o nosso futuro.

Em qualquer outra situação, eu concordaria, com muito prazer, em passar todas as manhãs em sua cozinha, preparando o café da manhã para ele após uma longa noite em sua cama.

Mas antes, eu precisava partir seu coração.

— Eu realmente preciso ir se quero fazer pelo menos metade do trabalho que tenho para hoje.

Beijei sua bochecha e esvaziei minha xícara em alguns goles.

— Vou sentir sua falta — ele disse, me seguindo para fora da cozinha.

— É apenas uma hora, talvez um pouquinho mais. Vou tentar chegar o quanto antes no escritório. — Peguei meu sobretudo e o vesti por cima de sua camisa. — Vou lhe devolver mais tarde.

— Fique com ela. Para o caso de eu não querer ir embora do *seu* apartamento alguma noite dessas.

Eu sorri.

— Vejo você mais tarde.

Comecei a andar até o elevador, enfiando meu pijama nos bolsos do meu sobretudo, quando me lembrei de algo.

Deveria ter uma foto no meu bolso.

O que...

Chequei meus bolsos, mas eles estavam vazios.

— Está procurando por isso?

Me virei ao som da voz de Leonel, repentinamente fria, e engoli em seco. A foto que eu havia perdido na noite passada estava em suas mãos agora, e ele estava olhando para mim com diversas perguntas que eu não estava pronta para responder.

— Posso explicar — eu disse, sabendo que não seria fácil.

— Sim, por favor. — Ele se aproximou de mim, ainda segurando a foto. — Estou ansioso para ouvir sua explicação, Liv. — Ele parou em minha frente e eu senti meu corpo congelar diante de seu olhar assassino.

— Sou irmã de Winter — eu disse, sem saber de que outra forma contar a verdade.

— Ok. Quem é Winter? — ele perguntou, confuso.

Eu pisquei e franzi a testa.

— A garota da foto. A que você está abraçando.

Ele virou a foto para analisá-la mais uma vez. Então seus olhos se voltaram para mim e ele parecia ainda mais confuso do que antes.

— Do que caralhos você está falando? É a primeira vez que eu vejo esta garota.

Eu ri com nervosismo.

— Não brinca. Então pode me explicar como você a abandonou após ela dar à luz à sua filha? Ou ela era uma ameaça à sua preciosa reputação de mulherengo exemplar e de advogado que não sabia nada sobre moral e nunca acreditou em casamento?

Eu estava prestes a gritar, pois seu fingimento me parecia muito falso. Eu não podia acreditar que ele ousava dizer que nunca tinha conhecido Winter.

— Vamos com calma, Liv. Estou falando a verdade: nunca conheci Winter e não tenho ideia de que bebê você está falando. Espere... Bella é filha dela?

— Sim! E sua também!

— Não! Ela não é minha filha. Não pode ser.

Eu sorri.

— E eu pensando que você fosse melhor do que isso, Sr. Cohen. Mas olhe para você... continua fingindo não ter nada a ver com o coração partido da minha irmã e a família destruída de Bella.

— É porque o homem na foto não sou eu!

Eu fiquei paralisada, tentando entender se eu tinha problemas de audição.

— Como isso é possível?

Leo se aproximou e apontou para o homem ao lado de Winter.

— Este é meu irmão, Jace. Meu irmão gêmeo, caso não tenha deduzido.

— O quê?

— Não sei de nada sobre o caso dele com sua irmã e juro que não tenho nada a ver com o término deles.

Será que alguém desligou a luz?, pensei comigo mesma. Porque subitamente, minha visão escureceu e eu pensei ter perdido o equilíbrio por um segundo. Porque no segundo seguinte, os braços de Leo me envolviam e ele me carregava até o sofá.

— Vou trazer uma água.

Ele me soltou e saiu. Quando voltou, eu ainda não conseguia acreditar que suas palavras fossem verdadeiras.

Como eu poderia ter bagunçado tudo daquela forma?

Ele me entregou um copo de água e eu o esvaziei.

— Está se sentindo melhor? — ele perguntou, afastando o copo vazio de mim.

Eu assenti e lhe lancei um olhar cauteloso.

— Então você tem um irmão gêmeo?

Ele também assentiu.

— Era por isso que eu estava tão estressado ontem à noite. Jace e eu nunca fomos próximos. Sempre brigamos como cão e gato. Mas toda vez que ele se metia em problemas, eu era o primeiro a salvá-lo. Exceto desta vez. Eu não sabia sobre Bella. Como ele e a mãe dela se conheceram?

— Gostaria de saber. Ela não me disse nada sobre ele ou sobre a primeira vez em que se conheceram. Ela nem mesmo me disse o nome do pai de Bella.

— Foi por isso que você pensou que fosse eu?

Eu assenti, me sentindo culpada.

— Encontrei esta foto nas coisas dela e fiz uma busca de imagem no Google com o rosto do seu irmão. A internet me deu a informação errada, porque vi você e pensei que vocês fossem a mesma pessoa.

Leo pensou por um momento, provavelmente tentando ligar os pontos. Quando ele me olhou outra vez, eu soube que ele não diria nada bom.

— E o que você fez? Decidiu me seguir para, não sei, me punir ou algo assim? Qual era seu plano, Olivia?

Engoli as lágrimas repentinas que eu sabia que se acumulariam em meus olhos a qualquer momento.

— Eu não tinha um plano. Eu só... queria olhar em seus olhos e saber mais sobre você.

Ele se levantou e me olhou de cima.

— Você mentiu para mim. Durante todo este tempo, você

mentiu para mim.

— Não, eu juro. Eu...

— Não tenho tempo para isso.

Ele se virou e saiu da sala apressadamente.

— Leo, espere! Me deixe explicar!

Eu iria correr atrás dele, mas minhas palavras não o afetaram, como se ele nem mesmo tivesse me ouvido.

Meus ombros caíram e quando eu ouvi o som da porta de seu quarto fechando, soube que era o fim.

O fim de tudo.

O fim da minha mentira.

O fim de nós dois.

Então peguei a foto que ele havia deixado cair no chão e andei até o elevador, me sentindo triste. Lágrimas não paravam de correr pelo meu rosto.

O que você estava pensando?, minha voz interior perguntou.

Eu não via nada além das gotas de chuva que cobriam a janela do táxi que me levava para casa.

Leo me odiava.

Talvez ainda mais do que eu o odiava quando fui até Madison para lhe pedir informações, as quais eu esperava poderem me ajudar a destruir Leonel Cohen.

Ele estava certo: eu queria fazê-lo sofrer.

E agora? Consegui o que queria?

Certamente não.

Porque eu estava errada sobre ele. Cometi um erro. E agora

era minha vez de pagar por isso.

Meu celular vibrou em minha mão.

"Não se esqueça que você precisa estar no escritório hoje," dizia uma mensagem de Leo.

Fiquei surpresa em saber que ele ainda queria me ver. Eu estava certa de que, depois do que eu havia feito, ele nunca mais iria querer falar comigo, quanto mais me permitir continuar trabalhando com ele.

Quando cheguei em casa, Bella estava acordada e arrumando sua bolsa.

— Aonde você está indo? — eu perguntei.

— Para a casa da vovó. Só por alguns dias.

— Ah. Onde está ela?

— No seu quarto.

Quando entrei no quarto, minha mãe estava sentada em minha cama com a expressão mais conturbada que eu já tinha visto em seu rosto.

— Parker me contou tudo — ela disse.

— Droga. Eu deveria ter adivinhado que ela não conseguiria manter a boca fechada.

— Por que você não me contou que encontrou o pai de Bella?

— Porque isso não mudaria nada. Além do mais, eu estava errada sobre Leonel Cohen. Ele não é o pai de Bella. Era o irmão gêmeo dele que Winter namorou há alguns anos.

— Pela sua cara, agora seu chefe sabe da verdade.

Assenti e me sentei ao lado dela.

— E você está apaixonada por ele.

Assenti novamente e algumas lágrimas se seguiram.

— Ah, querida... — Minha mãe me envolveu com seus braços e beijou minha testa. — Há algo eu possa fazer por você?

— Não. Preciso lidar com isso sozinha. Mas antes, preciso tomar um banho e tomar mais uma xícara de café.

Ela não me perguntou onde eu tinha tomado a primeira xícara ou por que eu estava vestindo um sobretudo por cima de uma camisa masculina que obviamente não era minha. Ela sabia que eu estava muito mal para explicar, então não comentou nada.

— Pensei que seria melhor se Bella ficasse comigo por alguns dias.

— Ótima ideia. Obrigada.

— Você acha que Leonel vai contar ao irmão que você tem procurado por ele?

— Não sei. Ele disse que eles nunca foram próximos. Mas tenho certeza de que ele não vai se esquecer da existência da sobrinha. E eu estou com um pouco de medo do que ele vai fazer agora.

— Espero que tudo fique bem.

Eu sorri com tristeza.

— Tão bem quanto se pode ficar, considerando o fato de que eu dei meu melhor para trair a confiança dele e... — Eu iria dizer 'seus sentimentos por mim', mas não tinha certeza de que eles realmente existiam.

Se eu estava certa de que vi algo em seus olhos na noite

passada, agora eu sabia que já não estava mais lá.

— Me ligue se precisar de qualquer coisa — disse minha mãe.

— Ok.

Eu pedi a ela que me ligasse quando chegasse em casa e fui tomar banho. Cinco minutos era o máximo que eu aguentaria.

Voltar ao escritório foi estranho. E, bem, assustador.

Eu não sabia o que esperar de Leo; não sabia por que ele ainda queria que eu fosse até o escritório. Ele certamente não iria fingir que aquela manhã não tinha acontecido. Ou se esquecer do fato de que seu irmão era pai da minha sobrinha.

Mas o que aconteceu quando cruzei a porta do escritório familiar se tornou ainda pior do que minhas expectativas.

— Quero a custódia total de Bella — ele disse, em vez de me cumprimentar.

— Você não pode fazer isso. Sou a tia dela, lembra? Eu e você temos os mesmos direitos sobre ela.

— Se você acredita nisso, recomendo que encontre um bom advogado para provar seus direitos. Porque se você se esqueceu, nunca perdi nenhum caso.

— Você perdeu um... por mim, lembra?

— Perdi muitas coisas por você, Olivia, mas Bella não será uma delas.

Capítulo 14

Leo

Parei em frente à porta do apartamento de meu irmão, tentando me lembrar da última vez em que estive aqui. Fazia quase três anos, quando minha mãe me ligou chorando, implorando para que eu visse como ele estava, pois ela sabia que havia algo de errado.

No fim das contas, ela estava certa. Meu irmão foi encontrado inconsciente em um beco de uma boate da cidade. Ele estava embriagado e os homens que o encontraram pensaram que ele estava morto. Eles ligaram para a ambulância, assim como para a última pessoa com a qual ele havia falado, que era nossa mãe. Ela não entendeu uma palavra do que eles estavam tentando lhe dizer e foi por isso que ela me ligou.

Naquele dia, tive medo de perdê-lo para sempre. Passei a noite toda no hospital, guardando-o como um cão leal que sempre tinha estado ali para salvá-lo do mal.

Mas quando Jace acordou e me viu sentado em uma cadeira ao lado de sua maca, disse que eu era a última pessoa no mundo que ele queria ver naquele momento.

Foi assim que eu soube que nunca mais tentaria ajudá-lo. Eu o mandei ao inferno e saí do quarto, furioso.

Não tínhamos nos visto desde então.

Mas na noite passada, antes de Olivia chegar, eu tinha recebido uma ligação de minha mãe. Ela disse que Jace tinha sido preso por tráfico de drogas. No final das contas, as drogas não eram dele e a polícia o deixou voltar para casa. Minha mãe queria que eu falasse com ele. Não havia necessidade de dizer que eu não estava nem um pouco animado com a ideia. Eu disse a ela que eu e ele não tínhamos o que conversar.

Até aquela manhã.

Quando descobri que ele era o pai de Bella.

Bati à porta e esperei Jace atender.

Menos de cinco minutos se passaram antes de ele me presentear com suas palavras.

— Olhe quem está aqui! O famoso Leonel Cohen. — Ele abaixou a cabeça em uma reverência cerimoniosa. — Vossa Alteza, a que devo a honra de vê-lo aqui hoje?

Ele não havia mudado. Ainda parecia uma cama desfeita, com os cabelos permanentemente bagunçados, olheiras e roupas que pareciam não ter saído de seu corpo há semanas.

— Também estou feliz em ver você. — Entrei em seu covil e me encolhi com o cheiro forte de álcool que estava pelo ar. — Está tentando se matar com essa merda ou algo do tipo? — Olhei para as garrafas de uísque caro sobre a mesa. Todas estavam vazias, assim como os dois copos ao lado delas. — Você está sozinho?

Ele assentiu e se sentou no sofá.

— Meu convidado acabou de ir embora. Mas você pode tomar mais um drink comigo.

— Não, obrigado. — Me sentei em uma cadeira de frente para ele. Era o único móvel que parecia relativamente limpo. —

Onde você conseguiu o dinheiro para isso? — Acenei com a cabeça para as garrafas de uísque. Eu sabia que elas custavam uma fortuna e que ele não tinha tanto dinheiro para pagar por elas.

— Um amigo trouxe.

— O mesmo amigo que 'esqueceu' maconha no seu carro?

Ele riu.

— Mamãe ligou para você, não é?

— Por que outro motivo eu estaria aqui hoje? Eu me lembro das suas palavras de três anos atrás quando me disse para sair do quarto e parar de cuidar de você como se fosse uma babá. Eu jurei nunca mais fazer isso e cumpri minha palavra. Então não dificulte as coisas, Jace.

— O que você quer?

— Quero que você pare de ser um babaca. Tenha um pouco de piedade por nossa mãe. Ela tem chorado todas as noites antes de dormir por anos por sua causa. Se você não se importa com a própria vida, pelo menos pense na dela. Ela ama você. Ela não gosta de ver você vivendo desta forma. — Eu gesticulei ao meu redor. — Volte para casa e comece uma vida nova. Você é novo demais para morrer nesse fim de mundo que chama de apartamento.

— Você tem vergonha de mim, não é?

Respirei fundo e balancei a cabeça.

— Isso não é sobre sentir vergonha. É sobre as coisas com as quais você está desperdiçando sua vida.

— Você prefere que eu seja uma cópia sua, um nerd de merda entediante que recebe dinheiro para arruinar famílias.

— Não estou arruinando nada. Estou ajudando pessoas que

pedem minha ajuda.

Ele riu sarcasticamente.

— Certo. Vocês, *advogados de merda*, sempre encontram as palavras certas para se justificarem. Mas você faz ideia do que é a vida de verdade? Você já amou? Você sente alguma coisa além de um orgulho interminável a cada caso vencido?

Agora era minha vez de rir.

— Você está ouvindo as próprias palavras, Jace? Você me pergunta se eu sei alguma coisa sobre sentimentos. Tudo bem, talvez eu não seja um especialista em sentir coisas. Mas e quanto aos sentimentos de uma garotinha que nunca conheceu o próprio pai porque o idiota a abandonou assim que ela nasceu?

Aquilo fez sua expressão humorada se tornar séria.

— O que disse? — Seus olhos, que eram cópias dos meus, me encontraram.

— Você me ouviu, Jace. Eu sei sobre Bella.

— Quem lhe contou?

— Não importa. O que é importa é que você arruinou a vida da mãe dela, que acabou em uma clínica de reabilitação porque não pôde deixar de amar você, mas você não estava lá para impedi-la de tirar a própria vida por conta desse amor estúpido.

— Winter tentou se matar?

— Há cerca de um ano. Ele está em uma clínica desde então. E pelo que soube, ela ainda o ama e está pagando por isso. Assim como a pobre Bella, cujos pais são dois idiotas incontroláveis que não sabem amá-la.

— Não é verdade. Sempre amei minha filha.

Lágrimas brilharam nos olhos de meu irmão.

— É claro que sim. Por isso você a abandonou.

— Eu não a merecia! — ele gritou, levantando-se. Andando de um lado para o outro na sala, ele disse: — Ela era tão pequena, tão frágil e tão pura. Eu não merecia ser o pai de alguém que parecia um anjinho. Eu sabia que ela ficaria melhor sem mim. Porque eu não podia tomar conta dela. Eu não sabia nada sobre ser um pai, ou sobre as responsabilidades da paternidade. Pensei que seria melhor ir embora. Eu estava certo de que era a melhor decisão para todos. Winter me apoiou. Ela disse que esperaria até que eu voltasse, independentemente de quando fosse. Ela disse que eu poderia levar o tempo necessário para me acostumar à ideia de ser pai. Ela disse que nunca deixaria de me amar.

— Bem, ela manteve a palavra. Ela ainda ama você. Muito. E é a maldição dela. A maldição que a arruinou completamente.

— Onde está Bella agora?

— Ela mora com a tia. Mas não se preocupe, vou resolver tudo. Ela vai morar comigo. Vou tomar conta dela.

Ele parou e assentiu.

— Ótimo.

— Ótimo? Isso é tudo que você pode dizer? Você não quer vê-la? Embora eu duvide que ver você assim seria bom para ela.

Ele correu os dedos pelos cabelos e grunhiu.

— Não estou pronto para vê-la. Ainda não a mereço.

Eu me levantei, andei até ele e o chacoalhei pelos ombros.

— Então faça alguma coisa para se tornar um pai para ela. Do contrário, eu juro que darei meu melhor para fazer a sua vida miserável se tornar um inferno. — Eu o empurrei, fazendo-o cair sentado na cadeira. — Você tem um mês, Jace. Um mês para recomeçar.

Fui embora sem me virar para ver se ele estava me olhando. Eu sabia que ele estava. Eu sempre sabia quando minhas palavras o afetavam. Era assim quando éramos crianças e eu dizia a ele que iria contar aos nossos pais sobre seu comportamento ou quando eu ameacei contar a eles sobre ele ter sido expulso da universidade por beber rum na sala do reitor.

Ele sempre soube quando eu estava determinado a manter minha palavra. E hoje não era uma exceção. Ele sabia que eu nunca o visitaria se não fosse pelo meu desejo de ver Bella feliz. Não era culpa dela que seus pais não fossem capazes de dar a ela a vida que ela merecia. Felizmente, ela tinha a mim agora. E a Olivia. Que não fazia ideia do quanto eu queria poder voltar no tempo e mudar os eventos daquela manhã, quando descobri suas mentiras.

Eu confiei nela.

Eu queria ficar com ela.

Eu a amava...

Mais do que já tinha amado qualquer outra pessoa em minha vida toda.

Na noite passada, quando a vi à porta do elevador, soube que ela estava lá por um motivo. Mas nunca poderia ter imaginado que ela estava lá para me dizer que nosso encontro não tinha sido acidental e que ela havia entrado em minha vida para me destruir.

Ela queria me fazer sofrer por algo que eu não tinha feito. Ela estava errada em pensar que eu era o motivo de todas as coisas ruins que haviam acontecido em sua vida. Mas ela também mudou minha vida.

E de alguma forma, eu sabia que nada seria o mesmo. Especialmente agora que meus sentimentos por ela eram impossíveis de ignorar.

A noite que passamos juntos foi incrível. Era bom demais para ser verdade, mas eu sabia que era real e ainda não sabia como me esquecer de tudo e seguir em frente sabendo que depois do que havia acontecido naquela manhã, nós não seríamos mais as mesmas pessoas.

O cheiro de sua pele, a maciez de seus lábios... eu podia senti-los, ainda que ela não estivesse por perto.

Eu disse a ela que queria a custódia total de Bella porque não sabia o que mais dizer quando a vi adentrar meu escritório. Em menos de duas horas, uma parede gigante se ergueu entre nós. Nós estávamos de lados opostos e eu não sabia como derrubar aquela parede.

Eu sabia que ela se sentia mal por esconder a verdade de mim.

Mas parte de mim — a que nunca perdia os jogos que eu começava — estava ferida.

Machucava saber que mesmo na noite anterior, quando ela estava entre meus braços, ela ainda acreditava que eu era um traidor que tinha deixado sua bebê recém-nascida porque não a queria. Machucava saber depois de todo o tempo que ela havia passado comigo, ela não podia ver a diferença entre eu e o homem da foto. Não era apenas a diferença física que eu sempre tinha visto entre meu irmão e eu. Éramos polos opostos em tudo, inclusive nossas atitudes em relação à responsabilidade.

Apesar do que todos pensavam sobre mim, sempre me senti responsável pelos casamentos com os quais lidava. Nunca peguei casos que eu sabia que eram diferentes, aqueles que não significavam o fim de outra família. Talvez fosse por isso que eu sempre vencia. Porque meus casos sempre tinham sido decididos mesmo antes de os casais adentrarem o tribunal. Eu sabia que eles nunca mais poderiam ficar juntos e era por isso que os ajudava a terminarem o que não tinha salvação.

Esta era a verdade. Eu vencia porque meus casais perdiam ao brincar de família.

E a única vez em que concordei voluntariamente em perder, foi quando peguei o caso errado. Aquele que eu sabia, desde o início, que era diferente dos quais eu estava acostumado a lidar.

Perdi porque queria perder.

Por *ela*...

E eu estava perdendo feio outra vez, pois não conseguia parar de pensar nela, em estar com ela, em beijá-la, em adormecer e acordar na mesma cama que ela novamente. Em passar minha vida inteira lhe dizendo o quanto eu a amava...

Porra... eu estava ferrado.

Estacionei em frente à varanda da casa dos meus pais e recostei minha testa ao volante. Eu não podia deixá-los saber que havia algo de errado comigo. Eles já estavam preocupados com Jace e o que estava acontecendo comigo agora não era nada comparado ao quão bagunçada estava a vida dele naquele momento. Respirei fundo e saí do carro.

Minhas pernas pareciam serem feitas de água. Cada passo que eu dava em direção à porta parecia uma tortura. Mas eu precisava seguir em frente. Por Bella.

— Como está Jace? — Foi a primeira coisa que minha mãe perguntou quando me viu entrar.

— Ele vai ficar bem, como sempre. — Dei um beijo em sua bochecha e um tapinha nas costas do meu pai. — Parem de se preocupar com ele. Ele é um adulto agora, se lembram?

— Você é um adulto — minha mãe me corrigiu. — E ele ainda é muito novo para sofrer tanto.

Revirei meus olhos.

— Nós nascemos no mesmo dia. Dois minutos não são uma grande diferença de idade.

Ela sorriu e pegou minha mão.

— Você sabe que amo vocês dois. Mas Jace precisa de um pouco mais de atenção que você.

— Obrigado, mãe.

Meu pai riu.

— Você ganha atenção suficiente de todo mundo. Vai sobreviver. Falando em atenção, como está Olivia? Da última vez que falei com Molly, ela disse que ela quase fez você comer um contrato de casamento que fez para um casal que ela não queria divorciar.

— É, isso é exatamente o que nós fazemos diariamente.

— Você está bem, filho? — minha mãe perguntou. — Parece

um pouco cansado.

— *Estou* cansado. De limpar a porra da bagunça de Jace.

— Veja como fala, garoto. Eu fazia a mesma coisa quando você era criança.

— Exatamente, mãe. Não somos mais crianças, mas ele ainda faz as maiores bagunças.

— Ele vai parar algum dia.

— Espero que isso aconteça antes da filha dele parar de querer conhecê-lo.

— A... filha dele? — Meu pai perguntou, compartilhando um olhar confuso com minha mãe.

— Vocês me ouviram: Jace tem uma filha. O nome dela é Bella e ela tem três anos. Perdão, eu não sabia de que outra forma trazer a notícia. Me matem, se quiserem. Mas continua sendo verdade.

— Interessante.

Meu pai se dirigiu até o bar na sala de estar, pegou uma garrafa de uísque e serviu um pouco do líquido em um copo.

— Também preciso de uma dose — minha mãe disse, sentando-se no sofá.

— Eu também. — Me juntei ao meu pai no bar.

— Como soube sobre a filha dele? — ele perguntou.

— Você sabe onde ela mora? — minha mãe perguntou.

— Sim. A tia dela trabalha comigo. Foi assim que descobri sobre a existência de Bella.

— E Jace? Ele sabe dela?

Eu suspirei.

— Sim.

— Oh, Deus. — Minha mãe cobriu a boca com uma mão, seus ombros tremendo. — Ele sabia dela esse tempo todo, não é?

Eu assenti e me sentei ao lado dela. Meu pai falou novamente:

— Você disse que a tia dela trabalha com você, certo? Que mundo pequeno.

— Sim.

Eu não queria contar a história completa sobre como eu havia descoberto sobre Bella. Primeiramente, porque eu podia entender o motivo pelo qual Olivia desejava me punir. Ela pensou que eu tivesse partido o coração de sua irmã, e ela amava a sobrinha demasiadamente para se esquecer do que seu pai havia feito a ela. Mas eu não era o canalha que havia arruinado suas vidas.

— Preciso ligar para o Jace — disse minha mãe.

Ela se levantou, pegou o celular e foi até a cozinha. Eu sabia que ela provavelmente tentaria justificar o comportamento de Jace e fiquei grato pelo fato de que ela não me fez ouvir a conversa.

— É Olivia? — meu pai perguntou.

— O quê?

— Olivia é a tia de Bella?

— Como soube?

— Sua cara... revelou muito mais do que você queria que soubéssemos quando falou sobre ela.

— Sim, ela é.

— Entendi. — Meu pai engoliu o restante de seu drink e serviu mais uma dose do líquido cor de âmbar em seu copo vazio. —

Eu sempre quis ter netos, mas nunca pensei que descobriria ter um desta forma. O que Jace vai fazer agora?

— Não tenho ideia. Eu disse a ele que daria meu melhor para cuidar de Bella. Mas se ele não quiser fazer parte da vida dela, a perda será dele, não minha, não sua, e definitivamente não de Bella. Ela merece ser amada. E ela vai ser amada. Ela tem a todos nós agora. E eu tenho certeza de que sua tia nunca deixará que ela não se sinta amada ou quista.

— E a mãe dela?

— Está mentalmente instável. Falei com o médico dela mais cedo e ele disse que pensou que ela estivesse melhorando, mas há alguns dias, depois de Olivia visitá-la, Winter teve um ataque de pânico. Ela pensou que Olivia quisesse matá-la. O médico teve que dar sedativos a ela para acalmá-la.

— Coitada.

— Quando Bella nasceu, Winter e Jace fizeram um acordo: ela esperaria que ele tomasse coragem e voltasse para elas para viverem como uma família de verdade. Mas ele nunca voltou. E pelo que vi, posso dizer com certeza que ele não vai. Eu disse que faria da vida dele um inferno se ele não mudasse o estilo de vida.

Meu pai assentiu com aprovação.

— Você fez a coisa certa, filho. Jace não se importa com o que eu ou sua mãe dizemos. Mas ele sempre escuta você. Espero que isso faça ele olhar para a própria vida de um ponto de vista diferente.

— Amém.

Dei um gole em minha bebida e fiz uma careta.

— Olivia sabe do seu parentesco com o pai de Bella?

— Sim.

Meu pai pensou por um momento.

— Ela soube desde o início?

Ele era um homem inteligente. Sempre admirei sua habilidade de encontrar o fim de uma história. Talvez fosse por isso que eu sempre quis ser como ele.

— Sim — eu disse.

— Hmm...

Ele me observou com uma expressão pensativa.

— O quê?

— Você sente algo por ela, não sente?

— Não quero falar sobre isso. Não importa mais.

— Mais?

Argh, merda. Por que ele tinha que ter feito todas aquelas perguntas que eu não queria responder?

— Acho que eu fiz uma coisa que acabou com as intenções dela de algum dia ficar comigo.

Capítulo 15

Olivia

— Ele não pode tirar Bella de você!

Parker ficou chocada com o que eu havia dito a ela sobre o desejo súbito de Leonel de tornar Bella sua responsabilidade.

— Acredite em mim, ele sabe como fazer isso acontecer —

eu disse. — Diferente de mim. Onde é que eu vou encontrar um advogado melhor do que ele? Ou melhor: como posso pagar por um advogado melhor do que ele?

— Talvez você devesse falar com Leonel antes. Tentar argumentar com ele.

— Você acha que já não tentei? Quer saber como ele respondeu às minhas tentativas terríveis de explicar as coisas? Abre aspas, *"se você quiser conversar como fizemos na noite passada, tire o vestido e suba na minha mesa"*, fecha aspas.

Parker riu.

— Ele certamente sabe como deixar você quente. E a julgar pela facilidade com que ele ofereceu repetir o que vocês fizeram na noite passada, vocês queimaram todos os lençóis do apartamento dele. Talvez não apenas os lençóis.

Atirei uma almofada vermelha nela.

— Cale a boca!

Nós estávamos em um café que ambas gostávamos de frequentar. Eles serviam os melhores *strudels* de maçã da cidade e acalmar meu desespero com algo doce parecia ser a melhor maneira de passar a noite. Era quase meia-noite e o local estava vazio, com exceção de nós duas e um casal que se beijava apaixonadamente no canto mais afastado do lugar, pensando que era isolado o suficiente para que ninguém os visse.

Os olhos de Parker seguiram os meus e ela fez uma careta.

— O cara está a ponto de comê-la viva.

— Eles estão apaixonados, pombinhos sortudos.

— Não seja invejosa. É melhor pensar em como não deixar

Leonel tirar Bella de você.

— A audiência está agendada para o fim da próxima semana. É muito pouco tempo para encontrar um bom advogado.

— Próxima semana? Por que tão cedo?

— Porque Leonel Cohen conhece a todos e todos o conhecem.

— Mas isso não muda o fato de que você é uma ótima tia e de que Bella ama morar com você. Se for necessário, vou ser sua testemunha.

— Obrigada.

Coloquei outro pedaço de *strudel* em minha boca e o engoli com chocolate quente.

Era evidente que a próxima semana seria um verdadeiro inferno. Pelo menos para mim.

Leonel não me demitiu, o que apenas tornou tudo ainda pior, pois se eu não aparecesse no trabalho, ele me faria pagar por isso. Literalmente. Porque isso estava escrito no meu contrato de trabalho.

Mas toda vez que eu abria a porta e cruzava o limite de seu, *nosso*, escritório, ele fazia o máximo para me fazer arrepender do dia em que decidi aparecer lá pela primeira vez.

— Eu acho que você deveria dar uma segunda chance ao casamento deles — eu disse na segunda-feira de manhã, verificando os documentos de outro divórcio.

— E eu não dou a mínima para o que você acha — ele rebateu, os olhos grudados na tela de seu laptop.

Não discuti. Sem dizer nada, voltei a ler os papéis, temendo abusar da minha sorte com ele. Parte de mim ainda acreditava que ele mudaria de ideia sobre Bella, e ser paciente com ele parecia ser a única coisa que eu poderia fazer no momento.

Na terça-feira, ele disse que queria que eu ligasse para uma de suas clientes e lhe dissesse que seu marido a estava traindo e que ela poderia conseguir um divórcio sem esforço.

— Não posso fazer isso — eu disse.

— É claro que pode. Considerando o quanto você é especialista em arruinar as coisas.

Respirei fundo e fingi não ouvir suas palavras.

— Tudo bem, se você quer que ela ache que eu sou a maior babaca do mundo, que seja.

A quarta-feira se iniciou com uma audiência no tribunal que mostrou os 'melhores' lados de Leonel. Era sua vez de ser o babaca e ele era muito bom nisso. Ele fez a pobre esposa parecer uma prostituta, ainda que fosse seu marido quem não deixava uma saia passar desapercebida.

— Aquilo foi grosseiro — eu disse ao sair do tribunal cerca de uma hora depois.

— Grosseiro é meu nome do meio. Não é?

Leonel apressou o passo para sair do edifício, me forçando a correr atrás dele para não fazê-lo esperar por mim no carro. Eu poderia pegar um táxi, mas ele disse que queria discutir algo muito importante comigo. Mas em vez disso, passamos os próximos quarenta minutos da nossa viagem em silêncio total. O que era ainda pior do que ouvi-lo dizer coisas estúpidas sobre mim. Eu quase podia ouvir as engrenagens trabalhando em sua cabeça, e eu sabia que ele estava pensando em mim, assim como eu não podia parar de pensar nele.

A quinta-feira não foi muito melhor do que os dias anteriores da semana. Leonel me fez ficar no escritório mais tarde do que o normal, dizendo que queria que eu trabalhasse em um novo caso com ele.

Quando o relógio na parede marcou as nove da noite, eu disse a ele que precisava de uma pausa. E outra xícara de café. Já que Molly tinha ido embora e não havia mais ninguém para preparar café para ele, pensei que não perderia minha coroa se acrescentasse outra xícara à bandeja.

Mas acabou que um minuto depois, não tínhamos açúcar e eu precisei ir até a sala de descanso para pegar um pouco emprestado.

Quando voltei à sala de espera, ouvi uma voz feminina vindo do escritório de Leonel. Eu sabia que ela não pertencia a nenhum de nossos colegas de trabalho.

Eu me lembrava daquela voz. A ouvi na noite em que Leonel e eu estávamos na estreia do filme.

A voz pertencia a Layla Bester. Me perguntei se ela tinha se perdido e entrado acidentalmente no prédio e escritório errados.

A fúria fervilhava dentro de mim. Eu não sabia por que, mas queria arrastá-la para fora do escritório desesperadamente e fechar a porta atrás dela.

Eu entrei e meus olhos encontraram os de Leonel. O sorriso dele nunca tinha sido tão repleto de satisfação. Ele sabia que ela estaria ali naquela noite, assim como sabia que eu não iria gostar daquilo.

Idiota.

A mulher estava virada de costas para mim, mas quando ouviu meus passos, se virou e sorriu da forma mais agradável possível.

— Olivia! Não esperava ver você aqui esta noite. — Ela limpou os cantos de seus lábios carnudos como se eu tivesse acabado de arruinar o beijo deles. — Para falar a verdade, eu não esperava ver você de maneira alguma. As assistentes de Leo nunca ficam aqui por muito tempo. — Ela riu como se soubesse de algo que eu não sabia.

— É mesmo? — Eu forcei meu melhor sorriso e coloquei a bandeja com duas xícaras de café sobre a mesa de Leonel com força. — Então eu acho que é hora de eu ir embora também.

Lancei a ele um último olhar, esperando que houvesse ódio suficiente para atingi-lo com força, peguei minha bolsa e meu casaco e saí, batendo a porta com o máximo de força possível.

Aproveite a noite, babaca!

Quando voltei para casa, me sentia um nada. A raiva que eu tinha tentado ignorar desesperadamente durante o caminho estava lá há algum tempo. Eu não queria senti-la ou acreditar que fosse culpa de Leonel. Ele sabia que a visita de Layla seria a última gota. Se eu pensei que ser paciente e gentil com ele melhoraria sua atitude em relação a mim de alguma forma, estava enganada. Leonel Cohen nunca me perdoaria pelo que fiz, independentemente do quanto eu tentasse conseguir seu perdão.

Me sentei no sofá, cansada de tudo aquilo, e deixei as

lágrimas caírem. Não percebi que as tinha segurado até estar sozinha no meu apartamento, sem ninguém para testemunhar minha tristeza. Bella ainda estava na casa da minha mãe e eu fiquei aliviada por ela não poder me ver agora. Ela nunca tinha me visto chorar. Ela pensava que eu era velha demais para chorar.

Mas agora, me sentia uma garotinha outra vez, frágil e solitária. Não havia ninguém para me abraçar apertado ou me dizer que a audiência de amanhã acabaria em meu favor.

Eu não sabia o que fazer. Ou como dizer a Bella que ela teria que se mudar para o apartamento de Leonel e morar com ele, e provavelmente com dezenas de babás que o ajudariam com ela.

Ele era um estranho para ela, e apesar do fato de que ela gostava dele, eu sabia que ela sentiria minha falta. E eu sentiria falta dela também.

Maldição, Winter! Se você tivesse me contado sobre seu relacionamento com o pai de Bella, eu não estaria sofrendo agora. Eu não teria me apaixonado pelo homem que agora pensava que eu era uma vaca. Ele não tentaria complicar minha vida ou partir meu coração, que por algum motivo estúpido se recusava a deixá-lo e continuava a bater por ele. Agora, mais forte do que nunca.

Me deitei e, em algum momento, adormeci, demasiadamente exausta mental e fisicamente para fazer qualquer coisa além de dormir.

No entanto, a manhã seguinte não começou exatamente da maneira que imaginei.

Acordei com o som da minha campainha tocando. Esfreguei

meus olhos e olhei para o meu relógio.

Sete e meia da manhã. *Quem poderia estar me visitando tão cedo em uma manhã de sexta-feira?*

Me levantei do sofá, passei uma mão pelos meus cabelos bagunçados, tentando alisá-los, e fui atender a porta.

— Bom dia, Olivia.

—Sr. Cohen?

O pai de Leonel era a última pessoa do mundo que eu esperava ver.

— Posso entrar?

— É claro.

Dei um passo para o lado e o deixei entrar.

— Perdão pela hora — ele disse. Não havia dúvidas de que ele podia ver o quão arrasada eu estava. — Mas eu tenho algo para você. Aqui... — Ele me entregou uma pasta preta contendo alguns papéis.

— O que é isso? — perguntei.

— Estes são os documentos da adoção de Bella. De agora em diante, você é a única responsável legal por ela.

Franzi a testa, sem ter certeza se havia escutado corretamente. Para me certificar de que suas palavras não fossem apenas um truque da minha imaginação, abri a pasta e li os documentos cuidadosamente.

Lágrimas escorreram pelas minhas bochechas.

— É verdade? — perguntei baixinho. — Eu não preciso lutar por ela no tribunal?

Ele sorriu e balançou a cabeça negativamente.

— Leonel cuidou de tudo. Considerando o estado mental da sua irmã e a incapacidade do meu outro filho de cuidar de qualquer outra pessoa além de si mesmo, o tribunal tomou a decisão de deixar você adotar Bella.

— Não posso acreditar.

O sorriso dele se alargou.

— Eu sabia que Leonel nunca a tiraria de você. Ele nunca a machucaria desta forma.

— O senhor sabe de tudo, não é?

— Ele me contou há alguns dias. Mas não estou lhe julgando, Olivia. Posso entender seus motivos e entendo como foi difícil para você aceitar o fato de que os pais de Bella não quiseram ficar com ela.

— Por que não vamos até a cozinha e eu preparo o café da manhã para o senhor? Está com fome?

— Para falar a verdade, estou faminto. Não tive tempo de tomar o café da manhã em casa. Eu quis lhe dar a notícia antes que você fosse ao tribunal.

— Obrigada. O senhor não faz ideia do quanto isso significa para mim. Pode me dar cinco minutos para eu me arrumar? A noite passada não foi a melhor que já tive.

— Eu entendo.

Eu o agradeci mais uma vez e me apressei até o banheiro para escovar meus dentes e lavar meu rosto. Troquei de roupa e penteei meus cabelos. Eu estava tão feliz e aliviada por saber que não haveria mais nenhuma audiência e que eu não precisaria mais me preocupar com o futuro de Bella. Porque eu faria o máximo para dar a ela tudo que ela precisasse, inclusive o amor que lhe faltava por seus pais estarem demasiadamente focados em suas próprias vidas e sentimentos.

Quando voltei à cozinha, o Sr. Cohen segurava uma foto de uma Bella recém-nascida.

— Minha esposa e eu mal podemos esperar para conhecê-la.

— Tenho certeza de que Bella vai gostar de vocês.

— O que vamos dizer se ela perguntar por que não nos conhecemos antes?

— Acho que isso já não importa. O mais importante é que vocês sabem da verdade e querem fazer parte da vida dela. Não quero ser um empecilho para vocês se tornarem amigos. Bella é uma boa garota. E é muito inteligente. Tenho certeza de que ela vai entender tudo.

O Sr. Cohen suspirou.

— Gostaria que Jace tivesse nos contado sobre ela antes. Perdemos tanto tempo por causa dele.

— O senhor já falou com ele? — perguntei com cautela.

— Sim. Ele veio nos visitar na noite passada. Ele raramente vem para casa. Mas depois de Leonel dizer que ele perderia o direito de ver sua filha, ele foi se desculpar por não ter nos contado sobre ela. Não sei quanto tempo ele vai levar para estar pronto para conhecê-la, mas ele também quer vê-la. Você vai deixar?

— É claro. Se isso deixar Bella feliz, não posso proibi-la de conhecê-lo.

Pude ver o alívio nos olhos do Sr. Cohen. Acho que era tão importante para ele saber que seu filho poderia ver Bella quanto era para mim saber que ela poderia ficar comigo.

Fui até a cafeteira e a reabasteci de café e leite.

— O senhor acha que Leonel vai me perdoar algum dia? — perguntei.

Era uma pergunta que eu havia feito a mim mesma diversas vezes desde a noite em que ele descobriu a verdade sobre quem eu era. Mas nunca obtive a resposta que precisava ouvir.

— Acho que ele já a perdoou há muito tempo. Ele ama você, Olivia.

— Como sabe disso?

O Sr. Cohen sorriu.

— Conheço meu filho. Ele pode ser insuportável, mas tem um bom coração. E quando você entrou na vida dele, o coração dele também aprendeu a amar. Olhar nos olhos do meu filho foi mais do que suficiente para ver tudo. Ele nunca quis machucá-la com seu comportamento ou fazê-la sofrer. Tudo que ele fez foi se vingar por você ter mentido para ele. Mas ele nunca a odiou. Porque não se pode odiar alguém que você ama e que sente o mesmo.

Minhas bochechas coraram.

— Acho que ele ainda não acredita que eu o amo.

— Então por que você não conta a ele sobre seus sentimentos? Tenho certeza de que ele quer saber tudo sobre eles.

— Ele não quer me ver.

— Não é verdade. Mesmo que ele finja não se importar mais com você, acredite em mim: ele se importa. Do contrário, por que ele se esforçaria tanto com o caso da adoção? Ele queria que você vencesse. Apesar de ele ter perdido desta vez. Ele perdeu este caso por você, Olivia.

— E não é o primeiro...

O Sr. Cohen acariciou minhas costas de leve.

— Vai ficar tudo bem. Apenas dê a ele um tempo para esfriar a cabeça. E, bem, para sentir sua falta.

Conversamos mais um pouco. Contei a ele sobre Bella, pois ele quis saber tudo sobre ela. Eu também prometi levá-la no próximo fim de semana, para que ela finalmente pudesse conhecer os pais de seu pai. Eu estava um tanto nervosa com o encontro deles, mas sabia que Bella ficaria feliz e animada. Agora eu apenas precisava contar a ela sobre eles, assim como sobre o fato de que seu pai também queria conhecê-la.

Antes de ir embora, o Sr. Cohen disse:

— Um jovem me disse certa vez que *'você nunca pode perder algo que nunca lhe pertenceu. Mas o que é seu sempre será seu, não importa o que seja.'* Eu acho que o sobrenome dele era o mesmo que o meu. — Ele sorriu e acrescentou: — Não o deixe ir, Liv. Ele precisa de você. E você precisa dele.

Depois do Sr. Cohen sair, voltei à cozinha e li os documentos que ele trouxe novamente. Ele tinha certeza de que seu filho me amava, mas Leonel nunca me disse aquelas palavras. Eu sabia que ele sentia algo por mim; eu podia sentir isso. Mas ele estava pronto para dizer aquilo em voz alta?

Algo me dizia que ele tentaria dar seu melhor para me irritar com sua falsa indiferença. Bem, eu merecia. Então não havia mais nada a fazer além de aceitar e tentar encontrar um modo de conquistar seu coração novamente. Talvez houvesse uma chance para nós recomeçarmos tudo do início, do zero, sem segredos e mentiras entre nós.

"*Obrigada,*" digitei em uma mensagem para Leonel.

Eu não esperava um retorno, mas ele respondeu.

"*De nada.*"

Alguns minutos depois, ele me mandou mais uma mensagem.

"*Vou para Chicago amanhã. Estarei de volta em uma semana. Certifique-se de que ninguém limpe meu escritório até lá.*"

Eu sorri, sentindo que tinha acabado de receber a mensagem mais desejada do mundo.

Ele queria que eu ficasse.

E eu não ia a lugar algum. Porque eu também queria ficar. Com ele.

"*Sim, senhor,*" digitei de volta.

Ele não disse mais nada.

Pressionei o celular e os documentos contra meu peito, fechando os olhos por um momento.

Pela primeira vez em meses, até mesmo anos, eu podia ver a luz no fim do túnel que tinha sido escuro por tanto tempo. Até agora, eu não tinha percebido o quanto eu queria que Bella fosse feliz e como eu queria ser a pessoa a fazê-la feliz. Até agora, eu não tinha percebido o quanto precisava de alguém para me ajudar com aquilo, alguém com quem eu pudesse contar, pois podia confiar nele. E, bem, porque eu o amava tanto que não podia imaginar minha vida sem ele...

Capítulo 16

A semana se arrastou e eu podia jurar que tinha sido a semana mais longa de toda a minha vida. Meus dias consistiram basicamente de trabalho e pensamentos sobre a semana seguinte, a qual Bella e eu passaríamos na casa dos Cohen. Havia muitos motivos para estar preocupada, e um deles era o encontro de Bella e seus avós.

No sábado de manhã, após escovar os dentes e ir até a cozinha para tomar café da manhã comigo, ela disse:

— Parece que você acabou de comer um prato de limões sozinha.

Eu ri.

— Se ao menos fosse isso.

— Então por você está tão triste?

— É tão óbvio assim?

— É para mim. Eu conheço você muito bem, lembra?

— Certo. Para uma garotinha de três anos, você pode ser bem observadora.

— Tenho quase quatro. Dois meses até o meu aniversário quase nem conta. — Ela pegou a xícara de chá e deu um gole em sua bebida de mirtilo. — Você está nervosa porque não sabe se meus avós vão gostar de mim?

Eu me sentei de frente para ela.

— Eles vão gostar de você, tenho certeza disso.

— Então o que é?

— Me diga uma coisa, querida... — Peguei a mão dela e a cobri com a minha. — Você quer conhecê-los?

— É claro que sim! — Ela pegou uma colher cheia de geleia de maçã e a colocou na boca. — Eles são os pais do meu pai. E eu quero muito conhecer todos eles. Você acha que ele também vai estar lá?

Era uma pergunta difícil. Quando conversei com o Sr. Cohen na noite passada, ele disse que não sabia se Jace estaria lá.

— Acho que ele precisa de um pouco mais de tempo para se acostumar à ideia de ter uma filha tão adorável. — Eu sorri para ela.

— Vou me comportar, eu prometo! Se ele acha que eu sou muito malvada para ser a filha dele, vou provar que ele está errado e dar meu melhor para fazer ele gostar de mim.

Suas palavras apunhalaram meu coração. Eu realmente queria que ela encontrasse seus pais. Fazia quase um ano desde que ela vira a mãe pela última vez e eu temia de que ela começasse a se esquecer dela. Foi por isso que me certifiquei de que uma foto de Winter estivesse sempre na mesa de cabeceira de Bella.

— Tenho certeza de que todos vão gostar de você — eu disse, colocando seus cabelos castanho-escuros atrás de suas orelhas.

— Então você deve estar nervosa porque vai ver Leo de novo.

— O que a faz pensar isso?

— Você não vê ele há uma semana e como você gosta muito dele, deve estar com muita saudade.

— Como você sabe que gosto dele?

— Você sorri toda vez que recebe uma mensagem dele. E se

ele não manda uma mensagem, você fica muito triste.

— Bem...

— Não precisa explicar. Eu sei que os adultos sempre são um pouco dramáticos quando se trata de relacionamentos.

Eu ri.

— Eu não sabia que você era uma especialista nisso.

Ela sorriu.

— Não preciso ser uma especialista para ver que você e Leo se gostam. Eu soube disso na noite em que ele veio me trazer do hospital para casa. Que homem faria isso por alguém que ele não gosta?

Sua lógica me divertiu.

— Ok, espertinha. Termine o café da manhã e vá se vestir. Nosso táxi deve estar aqui em meia hora.

— Você já pegou meu ursinho de pelúcia?

— Sim. Está na sua mochila.

— Ok.

Bella esvaziou sua xícara, a levou até a pia e correu até seu quarto. Diferentemente de mim, ela estava muito animada com a viagem.

Os pais de Leonel tinham um chalé não muito distante da cidade, onde iríamos passar o fim de semana. Eu não sabia se Leo iria se juntar a nós, já que não mencionou nada. Eu ainda esperava que ele também estivesse lá. Nós precisávamos conversar e achei que uma semana separados era suficiente para pensarmos em tudo.

Bella estava certa — eu sempre sorria quando recebia outra mensagem dele, ainda que ele não enviasse nada pessoal, apenas perguntas sobre o trabalho ou listas de coisas que eu precisava fazer. Mas ainda assim, eu estava feliz em saber que ele não havia deletado meu número ou que não queria me demitir o quanto antes. Molly disse que ele havia perguntado sobre mim e, embora ela tivesse prometido não dizer nada, fiquei feliz por ela ter me contado.

— Você fez alguma coisa com ele, Olivia — ela disse certa vez, após terminar de conversar com Leo. — Ele não parava de pensar em você.

— O que a faz pensar isso? — Fingi não fazer ideia do que ela estava falando.

— Ele pergunta sobre você toda vez que liga. Que é de três a cinco vezes por dia. Acho que isso diz tudo.

— É mesmo? O que ele pergunta?

— O que você está fazendo. Quem está ligando para você. Que horas você sai do escritório. Se você já almoçou. — Ela me olhou de forma questionadora. — O que está acontecendo entre vocês?

— Nada.

— Aham. Então por que ele nunca ligou para você para fazer todas aquelas perguntas pessoalmente?

Eu dei de ombros.

— Quem sabe? Talvez ele odeie minha voz ou algo assim.

— Ou algo assim, foi o que pensei.

Eu estava certa de que ela sabia muito mais do que fingia saber. Ela era amiga do Sr. Cohen e eu tinha certeza de que ele tinha contado a ela tudo sobre minha 'situação' com Leo.

Quando o táxi chegou, Bella e eu estávamos prontas para ir.

— Você está levando seu perfume favorito? — ela perguntou no elevador.

— Sim. Por quê?

— Você precisa estar cheirosa quando Leo vir para jantar.

Eu sorri.

— Penso que você pensa demais sobre o que Leo pode pensar ou dizer sobre mim.

— Você acabou de usar a palavra 'pensar' três vezes na mesma frase. O que me faz *pensar* que você *pensa* sobre isso também. Muito mais do que tem coragem de admitir.

— Obrigada por resumir tudo para mim.

— De nada.

Nós saímos do prédio e entramos no táxi, sentando no banco traseiro. Dei o endereço ao motorista e respirei fundo, sentindo que não havia oxigênio suficiente para me acalmar e preencher meus pulmões.

Bella pegou minha mão e disse:

— Vai ficar tudo bem. Pare de se preocupar.

É fácil falar, difícil fazer, pensei comigo mesma.

Passamos o restante da viagem falando sobre os pais de Leonel. Bella queria saber tudo sobre eles e eu contei tudo que sabia. Ela realmente queria que eles a amassem tanto quanto meus pais a amavam.

— Devo chamar eles de 'vovô' e 'vovó' ou usar o nome deles?

— Boa pergunta. Por que não pergunta a eles como querem que você os chame?

— Ok.

Ela estava aceitando a reunião com os avós com muito mais facilidade do que eu. Eu queria muito que Leo também estivesse lá. Ao menos eu me sentiria mais confortável em sua presença.

O Sr. Cohen disse que sua esposa ficou chocada quando descobriu sobre Bella, mas que queria muito conhecê-la. E já que Bella tinha sido minha responsabilidade ultimamente, me sentia responsável por tudo que iria acontecer na casa dos Cohen.

Quando o motorista estacionou em frente à casa deles, eu estava extremamente nervosa. Eu jurava que podia sentir meus joelhos tremendo.

— Pronta? — perguntei a Bella.

Ela olhou para a linda casa animadamente.

— Sim!

Paguei pela corrida, saí do carro e peguei nossas malas. Foi quando Leonel saiu da casa e Bella correu em direção aos seus braços.

— Leo!

Ele riu, a pegou no colo e girou com ela.

— Senti sua falta, danadinha.

— Eu também.

Ela o beijou na bochecha e eu não pude evitar um sorriso. Os dois eram tão adoráveis juntos.

Então Leo a colocou no chão e me olhou.

— Olivia.

Não havia muito afeto em sua voz. Era como um 'olá' frio para alguém que você não gosta muito.

— Leonel.

Ele estava lindo, como sempre. Nada nele denunciava o que ele estava sentindo ou em que pensava naquele momento. Ele vestia uma calça jeans azul e um suéter branco com decote em V que contrastava com sua pele bronzeada e com os cabelos e olhos escuros. As mangas de seu suéter tinham sido puxadas até a altura dos cotovelos e eu me descobri sentindo uma falta repentina de estar em seus braços. Deus, a semana que passamos separados apenas fez meus sentimentos por ele aumentarem.

Ele andou até mim e pegou minhas malas.

— Meus pais fizeram um quarto para Bella. Você vai ficar em um dos quartos de hóspedes.

— Eles fizeram um quarto para mim? — a pequenina perguntou, animada.

Leo sorriu para ela e assentiu.

— Espere até ver todas as surpresas que eles prepararam para você.

Ela me olhou timidamente.

— Tudo bem se eu ficar no meu novo quarto? Ou devo ficar com você para você não se sentir sozinha no quarto de hóspedes?

Leo olhou para mim e eu pensei que ele fosse dizer alguma coisa sobre minha 'solidão', mas ele permaneceu em silêncio.

— Você pode ficar onde quiser.

— Obrigada! — Ela fez uma dancinha feliz.

— Jace também está aqui? — perguntei em um sussurro para Leo.

— Não. E eu acho que ele não vai vir hoje.

— Entendo.

Como se sentindo minhas emoções, Leo disse:

— Vamos dar um passo de cada vez. Acredite em mim, conhecer meus pais vai ser mais do que suficiente para um fim de semana. Minha mãe enlouqueceu um pouco se preparando para isso.

A sombra de um sorriso tocou seus lábios.

— Aposto que sim.

Andamos até a porta e Leo disse a Bella:

— Não se preocupe, eles já amam você.

Então ele abriu a porta e nós adentramos uma sala de estar espaçosa. O Sr. e a Sra. Cohen estavam lá para nos receber. Mas em vez de dizer alguma coisa, a Sra. Cohen foi até Bella e a abraçou com força.

Lágrimas encheram meus olhos e eu me virei por um momento, temendo inundar a sala de estar com elas.

Mas quando senti a mão de Leo em minhas costas e meus olhos encontraram os dele, eu soube que as emoções dele também eram esmagadoras, ainda que ele não demonstrasse. Seu toque não durou muito tempo, mas foi o suficiente para que eu sentisse seu apoio.

— Você se parece tanto com seu pai — disse a mãe de Leo, olhando para a neta.

— Por que você está chorando? — Bella perguntou.

Ela sorriu.

— São lágrimas de felicidade. Estou tão feliz em conhecer você. — Ela passou uma mão pelos cabelos de Bella e olhou para mim. — Olá, Olivia. Por favor, sinta-se em casa. Você é parte da família agora. Eu não quero que nenhuma das duas se sintam desconfortáveis.

— Obrigada, Sra. Cohen.

— Me chame de Charlotte.

— É um nome lindo — disse Bella. — Posso chamar você de Charlotte também?

— É claro! Vai me fazer me sentir um pouco menos velha. — Ela piscou para Bella.

O Sr. Cohen andou até Bella e lhe deu um doce.

— Meu favorito! Como você sabia?

— Sua tia me contou alguns segredos.

— Isso não é justo! — Charlotte disse, como se estivesse profundamente ofendida.

O Sr. Cohen riu.

— Tudo é justo no amor e na guerra. Certo, crianças?

Aquelas palavras não eram para Bella, mas para mim e para Leo. Nós nos entreolhamos, mas não dissemos nada.

— Qual é o seu nome? — Bella perguntou ao avô.

— É Brian.

— Prazer em conhecê-lo, Brian. Sou Bella.

Eles apertaram as mãos e o Sr. Cohen perguntou se ela queria ver seu novo quarto. Não é preciso dizer que ela estava mais do que animada em segui-lo escadas acima. Leo, Charlotte e eu também os seguimos.

— Ainda não consigo acreditar que ela esteja aqui — ela disse, andando ao meu lado.

— Eu também. Para falar a verdade, eu nem sequer sabia se ela iria conhecer vocês algum dia. Depois de tudo que aconteceu com os pais dela...

— Eu sei. Estou tão preocupada com Jace e com sua irmã. Como ela está, por sinal?

— Da última vez que soube, ela não parava de falar sobre seu filho. Ela o ama e acho que nunca vai parar.

Olhei para Leo, que estava a alguns passos de distância à frente e suspirei. Meu amor por ele não era menos doloroso. Se ele soubesse...

Paramos em frente à porta pintada de um rosa vivo e o Sr. Cohen a abriu para Bella.

— Bem-vinda à sua casa, princesa.

— Uau! — Foi a única coisa que ela disse quando entrou.

O quarto era duas vezes maior do que o quarto que ela tinha em meu apartamento. Era branco, com vários detalhes em rosa e azul. As cortinas, assim como a poltrona, eram de um rosa claro, e o tapete tinha um tom mais vivo de rosa, assim como os travesseiros na cama, com uma cabeceira transparente.

— Você gostou? — Leo perguntou.

Bella ainda estava sem palavras, então apenas assentiu. Seus avós estavam radiantes por verem o quão feliz ela estava.

O Sr. Cohen começou a contar a ela todos os segredos do quarto, mostrando os brinquedos escondidos nas gavetas e as roupas que eles haviam comprado para ela.

— Espero que você goste de passar seu tempo conosco — ele disse.

Eles não estavam comprando seu amor. Eu sabia o que o amor deles não era fingimento. Podia ver isso em seus olhos e ouvir isso em tudo que eles diziam a ela.

— Venha, Olivia. Vou lhe mostrar seu quarto — Charlotte disse. — Leo vai trazer suas coisas mais tarde.

Nossos olhares se cruzaram novamente e, mais uma vez, senti como se ele quisesse dizer algo, mas nenhuma palavra se seguiu.

Nós passamos várias portas e paramos diante da mais próxima ao fim do corredor.

— É ao lado do quarto de Leo — disse a mãe dele, abrindo a porta do quarto de hóspedes onde eu ficaria. — Pensei que seria melhor deixar vocês dois ficarem perto... caso precisem de algo ou... caso decidam finalmente conversar.

Droga, ela sabia que seu filho ainda estava bravo comigo.

— Não quis fazer com que ele me odiasse — eu disse.

Ela sorriu de modo afável.

— Eu sei. E ele também sabe. Só dê a ele mais um tempo para superar o próprio orgulho. Porque é a única coisa que foi afetada nessa situação.

Eu também sorri.

— Você não está brava comigo, está?

— Brava com você? Nunca! Se não fosse por você, nós nunca conheceríamos Bella.

— Tenho certeza de que Winter não quis escondê-la de

vocês.

Charlotte respirou fundo e gesticulou para que eu me sentasse em uma cadeira. Meu quarto não era tão grande quanto o de Bella, mas também era lindo, com detalhes nas cores marfim e azul claro.

Nos sentamos e ela disse:

— Pelo que Leo me contou sobre ela, sei que ela não é uma pessoa ruim. Ela está perdida, assim como Jace na maior parte do tempo.

— Espere um pouco... o que Leonel sabe sobre Winter?

Ela hesitou antes de responder, provavelmente decidindo se eu precisava saber da investigação secreta de Leonel.

— Ele foi visitá-la na semana passada. — Ela me olhou cautelosamente, esperando minha reação à notícia. — Ele precisava ter certeza de que ela não poderia tomar conta de Bella para defender os seus direitos em relação a ela no tribunal.

— Ah. Eu não sabia da visita dele.

— O médico não deixou que ele conversasse com ela, mas Leo disse que a viu pela janela e que ela parecia tão pensativa e perdida quanto Jace quando ele está em seu próprio mundo. Acho que é o que os atraiu um ao outro. Eles são duas almas frágeis demais para viver em um mundo como este.

— É verdade. Minha irmã sempre foi diferente de seus amigos e colegas de classe. Eu achava que ela era simplesmente sensível demais para acompanhar o modo como eles viviam. Mas então percebi que isso nunca mudaria.

Charlotte assentiu como se soubesse exatamente do que eu

estava falando.

— Era o mesmo com Jace. Eu nunca soube como fazê-lo se sentir feliz. Ele passava muito tempo em seu quarto sozinho. Eu tinha medo de ele nunca ter amigos, muito menos uma namorada. Mas sabe de uma coisa? Acho que Winter sabia como encontrar a chave da alma dele. Foi há alguns anos, provavelmente quando os dois começaram a namorar. Não reconheci meu filho. Ele sorria muito e parecia muito feliz. Mas ele nunca nos contou nada sobre Winter ou sobre ela ter dado à luz a Bella.

"Nós nunca os julgaríamos. Brian e eu sempre quisemos ter netos. E não importa se foram planejados ou não. As crianças nunca devem pagar pelos erros dos pais. E Bella não deveria sofrer com a falta de amor de seus pais. Quem sabe, talvez eles encontrem um modo de se tornar uma família um dia. Eu realmente queria que isso acontecesse."

Havia tanta tristeza em sua voz. Nós duas sabíamos que era uma possibilidade remota, mas ainda tínhamos esperança.

Peguei sua mão e a apertei de leve.

— Acho que deveríamos focar em fazer Bella feliz. Agora que ela tem mais dois avós, estou certa de que vai sentir todo o amor que vocês derem a ela.

Com lágrimas brilhando em seus olhos azuis, ela assentiu e sorriu para mim.

— Vamos ver como ela está. Será que Brian inventou mais truques para ganhar a afeição dela? O doce foi uma ótima tentativa.

Eu ri.

— Bella é louca por caramelo de maçã. Assim como torta de

maçã, geleia de maçã e tudo que tem maçã.

— Vou me lembrar disso. Tem mais alguma coisa que eu não devo esquecer?

— Nada de especial. Exceto que ela é muito inteligente para a idade. E é difícil enganá-la.

Charlotte riu.

— Exatamente como o tio. Eu não me surpreenderia em saber que ela é filha dele e não de Jace. Mas para isso, ele teria que parar de ser um idiota teimoso antes.

— Falando de mim novamente?

Leo estava no caminho.

— Quem mais seria o idiota teimoso aqui? — sua mãe perguntou com um olhar significativo.

— Obrigada, mãe. Eu também amo você.

Ela beliscou a bochecha dele e disse:

— Mostre o lugar para Olivia. É falta de educação ser um anfitrião mal-humorado.

Capítulo 17

— Cozinha, escritório do meu pai, sala de estar... — Leo abria uma porta atrás da outra, me mostrando todas os cômodos da casa com indiferença. Ele fingia que aquilo era a coisa mais entediante do mundo, quando a verdade era que minha presença o incomodava tanto quanto a dele me incomodava.

Mas eu estava tão cansada de fingir que não me importava

com ele.

— Podemos parar, por favor? — eu disse, pegando sua mão.

Ele se virou e seus olhos se fixaram no lugar onde minha mão tocava a sua.

— Perdão. — Retirei minha mão e enfiei as duas nos bolsos de minha calça. — Podemos parar e conversar? Por favor? — pedi mais uma vez.

Estávamos sozinhos no meio do corredor que levava ao solário.

— Sobre o que você quer conversar? — ele perguntou, dando um passo em minha direção.

— Eu...

Deus, ele tinha que estar sempre tão lindo para caralho? Eu poderia olhar para ele por horas e sonhar acordada em repetir a noite que passamos juntos. Sentia como se aquilo tivesse acontecido há muito tempo, mas o desejo que fervia dentro de mim ainda me aquecia de modo agradável. Não pude reprimir a vontade de que ele fizesse o desejo queimar ainda mais forte.

— Eu queria agradecer a você — eu disse finalmente.

— Pelo quê?

— Por ser um babaca comigo durante todo esse tempo — eu disse, um tanto irritada com sua frieza. Gostaria de fingir normalidade como ele, mas eu estava desesperadamente apaixonada por ele para controlar a situação. — Perdão. Eu queria agradecer por deixar Bella ficar comigo.

— Ela ficaria com você de qualquer forma.

— Então por que tentou tanto me fazer acreditar no

contrário?

Ele deu de ombros.

— Porque eu queria que você se colocasse em meu lugar. Que sentisse como é saber que a pessoa na qual você confia pode trair sua confiança com tanta facilidade.

— Leo, olha, eu sinto muito, ok? De verdade. E a esta altura, eu não sei o que fazer para você me perdoar.

— É mesmo? — Ele deu mais um passo à frente e eu recuei. Apenas para me descobrir presa entre a parede atrás de mim e o peito de Leo.

— Posso pensar em algumas coisas que você poderia fazer para me... entreter. — Ele colocou as mãos na parede, em ambos os lados da minha cabeça, e seus lábios se aproximaram dos meus. — Mas temo que o perdão seja muito mais difícil de se conseguir do que o ódio.

— Você não me odeia — eu disse, ofegando.

Meu coração estúpido corria aceleradamente em meu peito e eu sabia que se ele continuasse, eu lhe daria tudo que ele quisesse.

— Tem certeza?

Seus olhos escorregaram e se demoraram em meus lábios, que pareciam subitamente secos demais para se moverem. Eu os lambi, e os olhos de Leo perceberam o movimento imediatamente. Seus olhos escureceram.

— Você está bravo comigo, mas não me odeia — eu disse. Quanto mais ele aproximava seu rosto do meu, mais difícil era continuar a pensar com coerência.

— Infelizmente, estar bravo com você não adianta de nada.

Seu hálito roçou meus lábios ao que minhas mãos alcançaram seu peito. Eu não queria empurrá-lo; pelo contrário, eu estava desesperada para tocá-lo, sentir seu coração batendo sob minha mão, verificar se ele batia tão rapidamente quanto o meu.

Seus lábios provocaram os meus com um toque quase intangível. Quase pareceu um beijo, uma redenção, mas...

— Leo, você está aqui? — chamou o Sr. Cohen.

Fechei meus olhos e abaixei minhas mãos. Parte de mim estava feliz por termos sido interrompidos. Beijá-lo não mudaria nada, ao menos não até que ele estivesse pronto para me perdoar pelas minhas mentiras. Quando abri meus olhos novamente, Leo estava caminhando pelo corredor, se afastando de mim.

— Ele sempre foi difícil de acompanhar — alguém disse.

Me virei para a esquerda e vi a cópia de Leonel vindo do solário.

Jace.

— Você me assustou.

— Perdão, não tive a intenção. Você deve ser Olivia.

— Como sabe meu nome?

Apesar de serem gêmeos, eu podia ver a diferença entre ele e Leonel. Os cabelos de Jace eram de um tom mais claro de castanho. Seus olhos eram mais redondos, ao contrário dos olhos amendoados de Leo, e as linhas de sua mandíbula e maçãs do rosto eram mais acentuadas que as do irmão.

— Leo me falou de você.

— O que ele falou exatamente? — perguntei, cruzando meus braços.

Era a primeira vez que eu encontrava a razão dos meus problemas; sempre tive a certeza de que o odiaria profundamente, mas para a minha surpresa, não senti nada além de pena.

— Ele disse que você é uma ótima tia para Bella.

Eu o observei sem saber como agir em sua presença. Havia tantas coisas que eu pensei em lhe dizer quando o conhecesse. Mas agora apenas uma coisa importava realmente.

— Você está aqui para conhecer Bella?

Ele abaixou a cabeça como se estivesse escondendo os olhos de mim.

— Hoje não. Eu só... queria vê-la.

— E?

— E ela se parece muito comigo. Eu não sabia disso.

Eu sorri.

— Como poderia saber se a única vez em que a viu foi logo depois de ela nascer?

— Você não sabe de nada. — Eu podia ouvir o tom defensivo em sua voz.

— Não estou culpando você, Jace. Nem julgando. Ninguém é perfeito. Mas nem Winter e nem Bella merecem a vida que elas tiveram depois que você as abandonou. Graças a Deus, minha irmã veio até mim e eu a ajudei com a filha recém-nascida. Eu não consigo nem imaginar como teria sido se ela a tivesse deixado em um orfanato.

Jace fechou os olhos com força.

— Perdão, Olivia.

— Você não precisa pedir perdão para mim. Bella não sabe

por que você a deixou. Eu disse a ela que você viajava pelo mundo e ela acreditou. Assim como acreditou que sua mãe teve uma gripe muito forte e é por isso que ela não podia visitá-la no hospital, que não é o tipo de hospital que ela pensa. — Pausei, sabendo que Leo deveria ter contado tudo aquilo a ele. — Ainda assim, ela ama os pais. E ela espera que um dia vocês três estejam juntos outra vez. É esperar demais?

— Não. Mas eu não sei o que fazer para consertar minha vida, consertar a mim mesmo. Estou arruinado, Olivia. Não sei mais quem sou ou o que quero.

— Mas você está aqui agora, o que significa que não é uma causa perdida como pensa.

Ele sorriu do mesmo modo triste que vi no rosto de seu irmão na manhã em que descobriu a verdade sobre mim. Havia decepção naquele sorriso — e impotência, tanta impotência.

— Deixe que ela o veja — eu disse. — Deixe Bella conhecer você. Ela está morrendo de vontade de conhecer você, Jace.

Ele começou a balançar a cabeça.

— Não, hoje não. Não estou pronto para olhar nos olhos dela. Ela vai começar a fazer perguntas e eu não sei como responder.

— Você não precisa explicar nada. Ela é muito nova para entender, de qualquer forma. Mas ela precisa de você por perto. Então faça isso acontecer. Fique com ela, esteja lá para o que ela precisar. Isso não é tão difícil, é?

— Eu não sei... — Ele se recostou à parede oposta e perguntou: — Por que você o ama?

— Quem?

— Leo. Você o ama, eu sei. Não quis espiar, mas eu estava no solário quando ouvi alguém falando no corredor. Perdão, eu vi tudo sem querer.

— É complicado — eu disse.

— Sempre é. — Ele sorriu humoradamente. — Relacionamentos complicados são minha especialidade. Sou terrível em fazer eles serem normais.

— Acho que eu o amo pelos mesmos motivos pelos quais você o odeia.

Ele sorriu novamente.

— Você é mais inteligente do que ele.

— Duvido disso.

— Sim, você é. Você viu o que meu irmão não conseguiu ver. Não o odeio, pelo menos não como você pensa que eu o odeio. Mas você tem razão: todo mundo sempre quis que eu fosse como ele, um homem inteligente e próspero, que sabe o que quer e sempre consegue isso. — Ele se sentou no chão e cruzou as pernas, recostando a cabeça à parede. — Eu nunca quis ser ele. Mas todos ao meu redor, inclusive meus pais, continuavam dizendo como ele era incrível. Eu me sentia um merda que não merecia respirar o mesmo ar que o meu irmão perfeito.

— É por isso que você pensou que ser rebelde seria a melhor forma de fugir disso?

— Para ser honesto, não sei o que eu estava pensando. Eu só queria ser diferente. Eu não queria ser perfeito. Só queria ser eu mesmo. Mas ninguém nunca quis me aceitar.

— Até conhecer Winter.

Ele me olhou nos olhos e eu acho que aquele foi o momento em que conquistei sua confiança.

— Até conhecer Winter — ele repetiu. — Ela me amou por quem eu era. Ela nunca me julgou ou tentou me mudar. Com ela, eu podia ser eu mesmo. Não precisava fingir ser um homem melhor. Nunca menti para ela. Mesmo no dia em que ela me contou que estava grávida, eu disse que não estava pronto para ser pai e ela aceitou.

— Porque ela não estava pronta para ser mãe.

Eu conhecia minha irmã, assim como sabia que se tornar mãe não a havia mudado. Ela ainda era tão inconsequente quando antes de ter Bella. A única diferença agora era que ela estava sozinha com seus medos e com a vida que ela não sabia como viver com um bebê recém-nascido em seus braços.

— Talvez você esteja certa — Jace disse baixinho. — Talvez se ela tivesse me xingado e acabado comigo quando eu disse que precisaria de mais tempo para ser um bom pai para Bella, tudo teria sido diferente. Mas ainda assim, ela aceitou minha escolha. Ela não tentou me impedir. E eu fui embora porque acreditei que fosse a coisa certa a fazer.

— Não era a coisa certa a fazer, Jace. — Eu cruzei o corredor e me sentei no chão ao lado dele. — Mas você ainda tem tempo de consertar tudo.

— Você acha?

Ele me olhou e eu sorri, apesar do quanto o odiei quando encontrei sua foto na mesa de cabeceira de Winter há alguns meses.

— Você tem uma ótima família. Seus pais o amam e Leo

também. Mas ele é muito teimoso para dizer isso em voz alta.

— E para dizer que ama *você*.

Eu sorri.

— Acho que ele é a única pessoa que não me falou sobre seu amor por mim ainda. Porque até seus pais acham que ele está apaixonado por mim. Mas seu querido irmão continua negando.

Jace riu.

— Por que não fico surpreso em saber disso?

— Provavelmente porque você é como ele. Apesar da quantidade de vezes em que disse que isso não é verdade.

Um sorriso pensativo tocou seus lábios.

— Leo tem sorte de ter você, Liv. Tudo bem se eu a chamar de Liv?

— Claro.

Ele se levantou e me ofereceu sua mão para me ajudar a me levantar também.

— Vou voltar para ver Bella, eu prometo. Mas antes, preciso ver a mãe dela. Ela está em reabilitação por minha culpa e eu nunca tive a intenção de machucá-la ou fazê-la sofrer.

— Seja cuidadoso com ela — eu adverti. — Não parta o coração dela mais uma vez. Ela não vai sobreviver.

— Eu sei, Liv. E obrigado por esta conversa. Eu precisava disso.

— De nada.

Ele começou a andar em direção ao solário e eu me dirigi para o lado oposto do corredor.

— O que ele queria? — Leo perguntou, me encontrando na sala de estar.

Olhei à minha volta, mas seus pais e Bella não estavam por perto.

— Conversar — eu disse.

— Sobre o quê?

Era minha impressão ou ele parecia estar com ciúmes?

— Não se preocupe, ele não tentou me seduzir.

Sua mandíbula se retesou e seus lábios se tornaram uma linha fina.

— Ele não é tão ruim quando eu pensei que fosse.

Leo sorriu.

— Dez minutos com ele foram suficientes para você se apaixonar por ele?

Eu ri sem humor.

— Você é impossível, sabia? Embora... — Parei de rir e olhei em seus olhos. — Ele é seu irmão gêmeo, no fim das contas, e cinco minutos com você foram suficientes para eu me apaixonar por você.

Pronto, eu disse.

E eu não queria retirar o que havia dito.

O rosto de Leo se suavizou.

— Liv...

— Titia! — Bella correu escadas abaixo e o momento tinha se esvaído. — Você quer brincar com a minha nova casa de bonecas? Brian disse que eu posso levar ela comigo e brincar em casa.

— Claro. Vamos brincar.

— O jantar estará pronto em meia hora — disse Charlotte, juntando-se a nós. — Leo, pode me ajudar a arrumar a mesa?

Fiquei aliviada por ela tê-lo distraído. Eu não estava pronta para discutir meus sentimentos por ele. E a julgar pela sua expressão, ele seguiria a mim e a Bella e ficaria conosco até ter a chance de falar sobre minha confissão. O que provavelmente tinha sido um grande erro, mas era tarde demais para reconsiderar. E francamente, eu me sentia aliviada por não precisar esconder mais nada. Se ele não queria meu amor, poderia ignorá-lo. Ao menos eu sabia que tinha tentado consertar tudo entre nós.

Algumas horas depois, após Bella e eu termos brincado e todos terem jantado, Charlotte disse que levaria Bella para caminhar e, em seguida, ler uma história para ela dormir. A garota pareceu gostar da atenção da avó. Ela lhe contou tudo sobre meus pais e o quanto ela amava passar tempo com eles. Em resposta, Charlotte disse que precisava conhecê-los o quanto antes. Brian se juntou à conversa delas sobre seus planos de encontrar meus pais enquanto Leo e eu assentíamos e dizíamos 'tudo bem' ou 'ok' a todas as perguntas que eles faziam.

— Foi um longo dia, Olivia — sua mãe disse após eu tê-la ajudado a limpar a mesa. — Vá descansar. Vou cuidar de Bella.

— Obrigada. Fico feliz em ver que você e Bella se gostaram.

— É impossível não gostar dela. Ela é tão fofa!

— Nem me fale. — Coloquei o último copo no armário e sequei minhas mãos com uma toalha, dizendo: — Vou tomar um banho e depois desejar bons sonhos a ela.

— Está bem.

A caminho das escadas, vi Bella e Brian brincando no quintal dos fundos. Eu não sabia onde Leo estava, mas estava feliz por ele não estar por perto. Eu precisava de um tempo longe dele.

Não dissemos uma única palavra um ao outro durante o jantar. Mas ele se sentou especificamente do lado oposto ao meu, e não parou de me fuzilar com o olhar até eu terminar de comer; eu achava que a comida tivesse ficado presa em algum lugar na minha garganta por conta da intensidade de seus olhos. Me engasgar certamente não fazia parte dos meus planos para aquela noite.

Nem um chuveiro quebrado.

No momento em que percebi que não havia água no chuveiro, soube que precisaria encontrar Leo e pedir que ele consertasse.

Merda!

Saí do chuveiro e coloquei um robe sobre meu corpo nu. O quarto de Leo era ao lado do meu e eu esperava que ele estivesse lá para me ajudar a consertar o maldito chuveiro.

— Leo?

A porta do quarto dele não estava fechada, por isso entrei. Eu podia ver uma luz debaixo da porta de seu banheiro.

— Tenho um problema — eu disse alto o suficiente para que ele me ouvisse.

— O que é?

Ele saiu do banheiro com uma toalha ao redor da cintura. Uma sensação de *déjà vu* me atingiu, como se eu estivesse novamente em seu apartamento, como na primeira vez em que estive lá.

— Preciso que você dê uma olhada no meu chuveiro.

Enquanto isso, tomei meu tempo para dar uma olhada *nele*. Porra, eu deveria ter pulado o banho e ido direto para a cama. Porque agora, dormir parecia ser a missão mais impossível do mundo.

— Você acabou de trancar a porta — ele disse, olhando atrás de mim.

— O quê?

— A porta. Você a fechou e agora estamos presos.

Desviei meus olhos de seu peito nu — com muito esforço — e olhei para a porta fechada.

— Como assim estamos presos?

Andei até a porta e puxei a maçaneta para baixo. Nada aconteceu.

— Você não deveria ter fechado — Leo disse. — A fechadura está trancada e se você fechar a porta, não pode abrir de dentro, apenas de fora.

— Então precisamos pedir para alguém abrir a porta pelo lado de fora.

— Ótima ideia. Mas este quarto fica na parte mais isolada da casa e eu duvido que alguém possa ouvir seu pedido de socorro. Mesmo se gritar alto.

— Então use seu celular para ligar para alguém.

— Deixei meu celular no andar de baixo.

— Ótimo. O meu está no meu quarto.

Ele fez um gesto indiferente, como se estarmos trancados em

seu quarto não fosse grande coisa, e não havia modo de sair dali tão cedo. A menos que alguém viesse à nossa procura, o que era improvável, considerando-se que Charlotte estava com Bella e Brian provavelmente estava em seu quarto, preparando-se para dormir.

— O que fazemos agora? — perguntei.

— Vou para a cama.

— Perfeito. Então eu vou ficar com... — Olhei ao redor do quarto. — O sofá.

Seus olhos seguiram a direção dos meus.

— Aquele sofá?

Era pequeno e se parecia mais com uma poltrona, mas era a minha única opção. Porque ir para a cama com Leo *não* era uma opção.

— Como quiser — ele disse em resposta ao meu silêncio.

— Você é um anfitrião tão gentil.

Ele sorriu e deixou sua toalha cair no chão.

— Não me agradeça, querida.

Capítulo 18

Babaca... pensei pelo que parecia ser a centésima vez naquela noite.

Eu estava acordada, encarando o teto e 'apreciando' a 'cama' mais confortável do mundo. O 'generoso' Leo me deu um cobertor extra e foi para a cama, me deixando fantasiar sobre como seria bom ir para a cama com ele. Especialmente agora que eu sabia que ele estava lá completamente nu.

Ele estava virado de costas para mim, por isso não sabia se ele estava dormindo. Provavelmente não.

Me perguntei se aquela situação o irritava quanto me irritava.

— Isso é ridículo para caralho — ele murmurou, jogando o cobertor para o lado e saindo da cama. Quando ele veio até a minha 'cama' e me levantou em seus braços, eu soube que ele estava armando algo.

— Que diabos você pensa que está fazendo?

— Minha cama é grande o suficiente para pelo menos dez pessoas dormirem, mas você ficou com a maldita poltrona. Que maduro da sua parte, Olivia.

Ele me deitou em sua cama e a contornou para ficar com o lado oposto. Eu me virei de lado para ficar de costas para ele. Não sabia se ele estava me olhando ou não, mas os lençóis ainda estavam quentes por ele ter se deitado sobre eles e eu apreciei aquilo.

Puxei o cobertor até meus ombros e ouvi atentamente a respiração de Leo. Algo me dizia que eu passaria a noite em claro.

Eu deveria ter ficado na poltrona. Pelo menos lá eu não estava tão perto dele.

— Isso é ainda mais ridículo! — ele disse depois de alguns segundos silenciosos.

— O que quer dizer com isso? — perguntei, esperando que eu tivesse soado desinteressada em sua resposta.

— Tentei ficar longe de você a semana inteira. Eu até fui para outra cidade para não bater à sua porta esperando roubar mais um beijo seu. E agora há menos de um metro entre nós e eu não posso nem mesmo tocar em você!

Ele praguejou em voz alta.

— Quem disse que você não pode me tocar?

Me deitei de costas e olhei para ele. Seus olhos encontraram os meus.

— O que você disse antes é verdade?

Eu sabia exatamente a que ele se referia.

— Sim.

— Pode dizer mais uma vez?

Ele se aproximou de mim e apoiou o peso do corpo sobre o cotovelo, olhando para mim. O quarto estava escuro e silencioso e a única fonte de iluminação era a luz da lua que entrava pela janela, tornando tudo ao nosso redor um pouco surreal.

Lá estávamos nós de novo, sozinhos em uma cama, e ele queria que eu dissesse que o amava. Ele não iria querer que eu dissesse aquilo se não quisesse que fosse verdade, não é?

Engoli meu desejo de tocá-lo e disse em um sussurro, pois era o máximo de volume que minha voz podia alcançar no momento:

— Eu... amo... você. — Ele ainda parecia não acreditar, então repeti as palavras. — Eu amo você, Leo.

Ele fechou os olhos por um momento, inclinou-se em minha direção e tocou meu rosto com uma mão.

— Pensei que eu estivesse imaginando coisas quando vi isso em seus olhos na outra noite. Eu não sabia se o que vi sequer existia. Antes de você, eu não sabia que era capaz de sentir algo ou se era capaz de me apaixonar.

Por um breve momento, ele pressionou os lábios contra os

meus, gentil e ternamente. Então me olhou nos olhos e disse:

— Eu também amo você, Liv. Tanto que não consigo respirar quando você está por perto. Tanto que nenhuma quantidade de ar é suficiente para me fazer sentir vivo, porque você é tudo que eu preciso. Todos os dias, a todo momento.

Senti um nó se formar em minha garganta.

— É sério?

Seu sorriso era desarmante, assim como a sensação do seu corpo tocando o meu. Ele me puxou contra seu peito.

— Você está pelada.

— Estou usando um robe.

— Sim. Mas está pelada por baixo. Eu soube no momento em que você entrou no meu quarto.

Eu ri.

— É porque você queria que eu estivesse pelada.

— Não posso discordar.

— Que conveniente que a única fechadura quebrada nessa casa seja a sua.

— A questão é que — ele riu e eu sabia que aquilo era armação sua — eu a quebrei de propósito. Assim como fiz com o chuveiro do seu banheiro.

— Eu sabia!

Desferi um soco leve em seu peito.

— Eu sabia que eu seria a primeira pessoa a quem você pediria ajuda. Então pensei que seria um momento perfeito para conversarmos.

— Você me trancou e esperou que isso nos ajudasse a

resolver tudo?

— Mas meu plano funcionou.

— Tem certeza disso?

— Você está na minha cama, não pode fugir e acabou de dizer que me ama. É pura vitória para mim.

— Ah, você...

Ele pegou minhas mãos e as prendeu acima da minha cabeça com as suas.

— Eu o quê? — ele sussurrou em meus lábios.

— Você é tudo para mim, Leonel Cohen.

Na escuridão, seu rosto estava tão próximo ao meu que eu podia sentir o cheiro de sua loção pós-barba e sentir o calor de seus lábios acima dos meus. Eles estavam a uma respiração de distância e eu mal podia esperar pelo momento em que seus lábios me beijariam novamente.

Em seguida, sua língua estava em minha boca, se movendo de um modo sensual, como se dançando com a minha.

Fechei meus olhos e deixei que as sensações causadas por seu beijo me dominassem. Elas eram avassaladoras, intoxicantes, me fazendo obedecer cada desejo implícito dele — ser dele e apenas dele, implorar para que ele continuasse, beijar cada parte do meu corpo.

Minhas mãos viajavam pelas suas costas como se estivessem com medo de que ele me deixasse a qualquer momento.

Eu não poderia deixar isso acontecer.

Eu não queria que ele me deixasse novamente. Então ergui meus quadris e os pressionei com mais força contra ele, apreciando o modo como sua ereção tocou minha parte mais sensível.

— Estou prestes a perder outro caso por você, Liv. Mas desta vez, vamos perder juntos.

Em um movimento rápido, ele se deitou de costas, me deixando por cima. Ele puxou a faixa do meu robe, retirando-o do meu corpo e jogando-o para o lado.

— Tem certeza de que este quarto é isolado o suficiente para fazermos isso aqui?

Ele sorriu de canto.

— Mesmo se não fosse, você não iria a lugar algum.

Ele me puxou para roubar outro beijo. Minha língua escorregou para dentro de sua boca e ele a chupou. Enquanto isso, seu pau encontrou seu caminho para dentro de mim e ele o impulsionou.

— Ah...

Parei o beijo, recebendo sua estocada profunda. Ele observou meu rosto, me penetrando cada vez mais fundo como se seu único desejo fosse me possuir, me reivindicar como sua.

— Porra, amor, você é tão linda.

Suas mãos deslizaram pelas minhas laterais e ele as apertou de leve, acelerando o ritmo de suas estocadas.

Eu estava viciada nele, em tudo que suas palavras e seus movimentos faziam comigo.

Eu queria mais dele. Queria que ele fosse meu por completo.

Não apenas por uma noite...

Meus lábios estimulados o engoliram, recebendo cada estocada e deixando que ele me levasse cada vez mais alto. Ele entrou e saiu de mim, seus olhos nunca deixando os meus, como se me hipnotizando. Meu corpo começou a tremer ao que minhas paredes continuavam a friccionar o comprimento de seu membro.

Uma tensão doce começou a emergir dentro de mim. Mais estocadas se seguiram, como se Leo soubesse exatamente quando eu estava prestes a gozar para ele.

Ele agarrou minha bunda e introduziu a si mesmo com força dentro de mim, continuamente, até eu não saber mais o que era a realidade, mas apenas as pulsações deliciosas que corriam em minhas veias, me levando até o limite.

Ele começou a se mover com mais rapidez, cada movimento parecia ser o último — abrupto, mas não doloroso, profundo e prolongado. Sua mão alcançou um dos meus seios e ele chupou meu mamilo, me fazendo gemer alto em resposta.

— Goze para mim, Liv. Eu quero sentir.

Não pude mais me segurar. Explodi em seu membro, deixando que meu suco doce o encharcasse. Minhas paredes se contraíram ao redor dele, incitando-o a me acompanhar em meu orgasmo.

Foi isso que ele fez, nadando nas ondas da minha felicidade até que tudo acabasse e nós dois sentíssemos que não havia nada melhor do que aquilo, estando juntos. Suas gotas quentes me encheram e ele rugiu feito um leão, faminto demais para dividir sua presa com outra pessoa.

Esperei até que ele me liberasse e saí de cima dele, ofegando. Ele riu sob a respiração e se virou de lado para me dar um beijo profundo e sensual.

— Obrigado por isso.

Minha risada se juntou à dele.

— De nada.

Ele colocou um braço ao meu redor e me puxou para perto.

— Não vou deixar você ir, Liv.

— Nunca?

— Nunca.

— Hmm... mas isso significa que não haverá mais assistentes sensuais andando pelo seu escritório.

— Já tenho uma. E ela é a melhor.

Eu sorri, contente por ouvir aquilo.

— Quem diria que você poderia ser tão fofo, Leonel Cohen.

— Espere até eu revelar o resto dos meus segredos, Srta. Lambert.

— Duvido que haja algo que eu ainda não saiba.

Me lembrei dos arquivos que comprei de Madison há tanto tempo.

— Tenho certeza de que há algumas coisas que você vai amar sobre mim mais do que qualquer coisa no mundo — Leo disse.

— Como o quê?

— Como o fato de que o café já não vai ser a primeira coisa que eu vou experimentar de manhã cedo.

Com aquelas palavras, ele capturou meus lábios entre os seus e uma nova rodada começou. Passamos o restante da noite fazendo amor como se nenhum de nós pudesse se cansar daquela conexão que era muito maior do que atração física. Era uma união de duas almas que estavam perdidas e solitárias há tanto tempo, mas que nunca mais se separariam.

Eu amava aquilo.

Eu amava Leonel.

Assim como ele me amava.

E não havia uma maneira melhor de passar o resto da minha vida que não fosse com ele, andando ao seu lado até que o mundo acabasse...

Epílogo

Madison

O amor verdadeiro não é um fantasma ou um conto de fadas que existe apenas nos livros.

É real. E se você não consegue encontrá-lo, isso significa que você está procurando nos lugares errados.

Observei Olivia e Leonel saindo do meu escritório um ano depois de se conhecerem e sorri. Sempre soube que eles tinham sido feitos um para o outro. O convite de casamento deles estava em minha mesa e aquela era a melhor vingança que eu poderia ter conseguido pelo Sr. Cohen ter arruinado um dos meus casamentos favoritos.

— Eu sabia que você não se esqueceria disso tão fácil — ele disse no momento em que entrou em meu escritório há uma hora.

— Não me leve a mal, querido. Mas nunca soube perdoar traidores.

Ele assentiu com um sorriso de cumplicidade em seu rosto

lindo. Caramba, aquele homem era um colírio.

— Quanto você disse a ela sobre mim? — ele perguntou, segurando a mão de Olivia.

Ela riu.

— Isso não importa agora que eu sei muito mais do que os arquivos poderiam me dizer sobre você.

— Ela tem razão — eu disse. — Já não importa. Vocês dois conseguiram o que queriam.

— Você também — Leonel disse, puxando um envelope branco do bolso do casaco.

— Oh, isso é o que eu estou pensando?

Olivia assentiu.

— O casamento será daqui a um mês.

— Lindo. — Eu olhei para o convite e para eles novamente. — Não ousem me fazer arrepender de colocar vocês dois na lista dos meus melhores casos.

Leonel e Olivia se entreolharam com ternura.

— Nunca.

Os olhos dela brilhavam com pura felicidade.

— Nunca vou deixá-lo tornar esse casamento em outro divórcio.

— Seria algo muito estúpido — seu noivo disse. — Acho que eu não sobreviveria a outra mulher furiosa querendo arrancar minhas bolas por tê-la machucado ou um de seus parentes.

Eu e Olivia rimos.

— Sejam felizes — eu disse quando eles estavam a ponto de partir. — É a única coisa que realmente importa.

— Obrigado, Madison — o jovem Sr. Cohen disse. — Você fez o jogo virar e fico feliz de estar do outro lado agora. Estou muito melhor aqui.

Quando eles foram embora, olhei para as pastas que continham os nomes dos homens que ainda esperavam que alguém comprasse seus segredos. Meu trabalho era uma ótima maneira de fazer as pessoas felizes. E eu sabia que teria muitos convites de casamento para acrescentar à minha coleção.

Porque o amor não é apenas uma palavra.

É um furacão que parte corações.

Mas é também a cura para as feridas mais profundas e revela os desejos mais sombrios...

Fim

P.S. No aniversário de quarto anos de Bella, seus pais estavam lá com ela. Eles ainda precisavam trabalhar duro para construir uma família sólida e feliz. Mas aquele dia foi um dos muitos que os três iriam passar juntos.

Sobre a Autora

Diana Nixon é a autora de romances contemporâneos e de fantasia com maior número de vendas no USA Today & International. Mestre em Direito, ela nunca pensou que trairia o mundo da lei para mergulhar na ficção. Mas quando seu primeiro livro — *Love Lines* — foi publicado, ela percebeu que escrever era sua verdadeira paixão. Desde então, escreveu mais de 20 livros. Ela não consegue imaginar sua vida sem seus personagens fictícios e nunca para de pensar em novas histórias que assombram seus sonhos. Ela é casada e tem duas filhas — suas maiores fontes de inspiração. Ela ama música, viajar, café e chocolate. Ela acredita que escrever é a melhor cura para tudo que pode ser curado com palavras. Os livros de Diana Nixon estão sendo traduzidos para o espanhol, alemão, russo, francês, português e italiano.

Website:

www.diana-nixon.com

Mais livros de Diana Nixon:

Unforgiven

Illusive

Louise (Louise, # 1)

Louise: A New Beginning (Louise, # 2)

Tess (Louise, # 2.5)

Set Me Free (Set Me Free, # 1)

In A Whisper (Set Me Free, # 2)

Shattered (Shattered, # 1)

Fragile (Shattered, # 2)

Serene (Shattered, # 3)

Faded (Shattered, # 4)

Love Undone (Love Undone, # 1)

In Your Eyes (Love Undone, # 2)

Checkmate (Checkmate, # 1)

No Strings Attached (Checkmate, # 2)

Back in the Game (Checkmate, # 3)

Love Lines (Love Lines, # 1)

Songs of the Wind (Love Lines, # 2)

From Scratch (Love Lines, # 2.5)

Diamond Sky (Love Lines, # 3)

The Curse of Blood (Love Line, # 4)

Upon the Stars (Love Lines, # 5)

The Souls of Rain (Heavens Trilogy, # 1)

The Prisoners of Dreams (Heavens Trilogy, # 1.5)

Hate at First Sight

Cole (Bachelors on Sale, #1)

My Italian Valentine